젊은 베르테르의 슬픔

젊은 베르테르의 슬픔

요한 볼프강 폰 괴테 | 송영택 옮김

문예출판사

Die Leiden des jungen Werthers

Johann Wolfgang von Goethe

차례

1부 • 9
2부 • 95
편자가 독자에게 • 151

작품 해설 • 205
옮긴이의 말 • 211
요한 볼프강 폰 괴테 연보 • 213

가련한 베르테르에 관해 남아 있는 모든 것을
수집하여 여기에 수록하였습니다.
여러분은 저의 이런 노력에 고마움을 느낄 겁니다.
그리고 베르테르의 정신과 인품에는 찬탄과 사랑을,
또 그 운명에는 눈물을 아끼지 않을 겁니다.
훌륭한 성품을 가진 분들이여, 저 베르테르와 마찬가지로
억누를 수 없는 심장의 높은 고동을 느끼시는 분들이여,
그의 고민에서 위안을 얻으십시오.
만일 그대가 우연히, 또는 자신의 결함으로
친한 벗을 찾아내지 못하고 있다면,
이 자그마한 한 권의 책을 좋은 벗으로 삼으십시오.

• 원서의 주석은 원주로 표시했고, 그 외의 주석은 모두 옮긴이 주다.

1부

1771년 5월 4일

떠나오길 참으로 잘했다고 생각하고 있다. 벗이여, 사람의 마음이라는 건 참으로 묘한 것이군. 그토록 떨어지기 싫었던 자네 곁을 떠나와서 이렇게 기뻐하고 있으니! 그래도 자네는 틀림없이 용서해주겠지. 사람들과의 그 온갖 인연들은 나 같은 인간의 마음을 괴롭히기 위해 운명이 일부러 준비해둔 것 아닐까? 가엾은 레오노레! 하지만 내게는 죄가 없다. 그녀의 동생이 가진 매력이 내게는 재미있고 즐거웠는데, 그동안 레오노레의 가슴속에는 나를 향한 정열이 자라난 것이니까 말이다. 그렇다고 해서 내게 전혀 책임이 없는 것일까? 내가 그 사람의 마음을 흔들어놓을 만한 짓을 하지는 않았을까? 그녀의 자연스러운 모습에 모두들 곧잘 웃곤 했으며, 나 자신도 즐기지 않았던가? 그리고 또…… 자기 자신에 대한 넋두리를 늘어놓다니, 인간이란 참으로 편리한 존재다.

벗이여, 나는 마음가짐을 새롭게 하여 운명이 우리 앞에 던져주는 하찮은 불행에 대해 전처럼 구질구질하게 번민하지 않을 작정이네. 현재를 즐길 셈이네. 과거는 다만 과거일 뿐. 확실히 자네가 말한 대로라네. 왜 이렇게 만들어졌는지는 모르지만 만일 인간이 이렇듯 알뜰하게 상상력의 날개를 펴서 지나간 불행한 추억을 되새기는 따위의 짓을 하지 않고, 해롭지도 이롭지도 않은 현재를 찾아다니면, 이 세상의 괴로움은 틀림없이 줄어들 거네

어머니께 꼭 전해주게. 부탁하신 일은 잘 처리해서 될 수 있는 대로 빨리 소식을 전하겠다고. 숙모와 만나서 이야기해봤는데, 세상 사람들이 생각하는 것처럼 나쁜 여자는 절대로 아니야. 시원시원한 정열가이자 성품이 좋은 사람이야. 유산 분배가 아직 완전히 끝나지 않은 데에 관한 어머니의 불만을 전하자, 이유와 원인을 들려주면서 조건만 갖추어지면 완전히 인도하겠다는 거야. 아니, 우리가 요구하는 것 이상으로 내주겠다고 하더군. 그런데 이런 얘기는 지금 쓰고 싶지 않네. 모든 일이 잘될 거라고 어머니께 말해주게.

벗이여! 나는 이런 자질구레한 사건을 보고서야 세상에서 이런 분규를 불러일으키는 건 책략이나 악의보다는 오히려 오해와 태만이라는 걸 다시 한번 깨달았네. 적어도 앞의 두 가지 경우는 확실히 드물지.

어쨌든 이곳에 와서 나는 매우 쾌활해졌네. 마치 천국 같은 이곳에 있으니까, 고독도 내 마음에는 귀중한 향유(香油) 같네.

청춘의 계절은 넘쳐흐를 듯 풍요하여 자칫 얼어붙을 것 같은 내

마음을 훈훈하게 해주네. 수풀도 생울타리도 모두가 꽃다발 같아. 취할 듯한 향기의 바다를 헤엄치면서, 그 속에서 나의 모든 영양분을 찾아내기 위해, 가능하다면 나는 한 마리의 쇠똥벌레가 되고 싶을 정도라네.

거리 자체는 느낌이 좋지 않지만 주변 자연의 아름다움은 비길 데가 없네. 지금은 고인이 된 M 백작이 언덕 위에 정원을 만들게 한 것도 그 때문이었다네. 그 근처는 몇 개의 언덕이 다채롭고 아름답게 교차하고 있어서 기막히게 아름다운 골짜기를 이루고 있다네. 이 정원은 간소하네. 그래서 이론에만 밝은 정원 조성가가 아니라 풍부한 정감을 지닌 사람이 스스로 즐기기 위해 이곳을 설계했다는 것을, 발을 들여놓자마자 느낄 수가 있지. 황폐한 벤치에 앉아서 나는 몇 번이고 몇 번이고 고인을 생각하면서 눈물을 흘렸네. 이 작은 벤치는 그가 매우 좋아했던 곳으로, 나도 여기가 마음에 들어 언젠가는 내가 이 정원의 주인이 되고 싶네. 이제 겨우 2, 3일밖에 안 되었는데도 정원사는 나에게 호의를 보인다네. 그도 나와 함께 있는 게 싫지는 않겠지.

5월 10일

어떤 야릇한 상쾌함이 내 영혼을 송두리째 차지하고 있어. 마치 가슴 가득히 맛보는 감미로운 봄날 아침과도 같이. 내 영혼을 위해 만들어진 듯한 이 지방에서 나는 홀로 나의 삶을 즐기고 있네. 벗이여, 나는 행복하다네. 부드러운 감정에 흠뻑 젖어 있기 때문에 제작

(制作)은 영 엉망이라네. 지금으로서는 그림 따위는 그려질 것 같지도 않고. 붓이 통 나아가지를 않아. 그런데도 내가 지금 이 순간보다 더 위대한 화가였던 때는 일찍이 없었네. 정다운 골짜기가 나를 감싼 채 안개처럼 졸고 있네. 높이 솟은 태양은 우리들의 숲 짙은 어둠의 외곽에서 쉬고, 불과 몇 줄기의 빛 자락이 아늑한 성지(聖地, 숲 속)로 스며들 뿐. 물줄기가 떨어져내리는 시냇가의 키 큰 풀섶에 비스듬히 누워, 대지에 몸을 들이대고 변화무쌍한 풀들의 모습을 바라본다네. 줄기 사이사이 작은 세계의 움직임, 포착하기 어려운 풀벌레의 세밀한 모습이 내 가슴 깊숙이 젖어들 때, 자신의 모습을 본떠 우리를 창조하신 전능자의 강림을 느끼지. 우리가 영원한 환희 속을 헤엄치게 하면서 받쳐주고 혹은 길러주는, 만물을 사랑하는 하느님의 숨결을 나는 느낀다네. 벗이여, 이윽고 주위에 어둠이 깃들고, 우리를 둘러싼 세계가 연인의 모습처럼 나의 영혼 속에 안식을 찾을 때, 그런 때에 나는 이따금 애틋한 동경에 몸부림치며 생각하네.

'아아, 이렇듯 풍요하게 이렇게도 따뜻하게 내 가슴속에 살아 있는 것을 재현할 수만 있다면, 종이 위에 있는 그대로의 생명을 불어넣을 수만 있다면, 나의 영혼이 무한한 하느님의 거울이듯이, 그 종이가 내 영혼의 거울이 될 수만 있다면.'

벗이여, 하지만 나는 생각에 압도당해 사라지지. 그런 현상의 장엄한 힘에 쓰러지고 만다네.

5월 12일

이 근처에는 사람을 홀리는 정령이 서리어 있는 걸까. 아니면, 이 세상 것 같지 않은 따뜻한 공상이 내 가슴에서 숨을 쉬면서 주위의 일체를 낙원처럼 생각하도록 하는 걸까.

거리를 막 벗어난 곳에 샘이 있어. 나는 마치 멜루지네*와 그 자매들처럼 샘가를 떠나지 못하지. 또 나지막한 언덕을 내려가면 아치 문 앞으로 나오게 된다네. 그곳에서 스무 계단쯤 내려가면, 그 밑에 맑디맑은 물이 대리석 바위틈에서 솟아나고 있지.

난간을 이루고 있는 야트막한 돌담 주위를 휩싸고 있는 높은 수풀, 그곳의 서늘함, 이들 모두가 무언지 가슴에 스며드는 것 같은 짜릿한 매력을 지니고 있지. 내가 그곳에 한 시간쯤 앉아 있지 않는 날은 하루도 없다네. 거리에서 아가씨가 찾아와서 물을 길어간다네.

그건 옛날엔 왕의 딸들도 스스로 행한 가장 천진스럽고 소중한 일이지. 그곳에 앉아 있으면 옛날 족장 시대의 광경이 생생히 떠올라서, 그들이 모두 이 샘가에서 인사를 나누기도 하고 청혼을 하기도 한 모습과 샘의 가는 물줄기를 둘러싸고 자비로운 정령들이 서리어 있는 모양이 눈에 보이는 것만 같아. 이 사실을 공감하지 못하는 사람은 괴로운 여름 한낮을 방황한 끝에 서늘한 샘물의 상쾌함을 맛보지 못한 사람임에 틀림이 없을 걸세.

---

* 고대 프랑스 전설에 나오는 샘의 요정

5월 13일

내 책을 보내주겠다고 하는 건가? 제발 그런 짓만은 하지 말아주 게. 나는 이제 지도나 격려나 선동 따위는 받고 싶지 않단 말일세. 내 가슴은 이미 나 자신으로 가득히 들끓고 있어. 바라는 건 자장가 인데, 이거라면 우리의 호메로스 속에 담뿍 들어 있지. 자장가를 중 얼거리면서 나는 곧잘 내 들끓는 심장의 피를 잠재우곤 했었지. 자 네는 나의 이 가슴만큼 변덕 많은 걸 본 적이 없을 거야. 벗이여, 새 삼 이런 말을 할 필요는 없겠지. 내가 고민하다 방탕한 꼴이 되었다 가, 달콤한 우수에서 파멸적인 격정으로 옮겨가는 걸 자네는 상당 히 끈기 있게 지켜보았으니까 말일세. 게다가 나는 또 나 자신의 마 음을 마치 병을 앓는 어린애처럼 다루는 처지라네. 어떠한 고집도 용서해주지. 이것만은 아무에게도 말하지 말아주게. 좋지 않게 받 아들일 사람이 있을 테니까.

5월 15일

이 거리의 신분이 낮은 사람들은 벌써 나와 친해졌고 또 나를 좋 아해주고 있어. 특히 아이들이 더 그렇지. 나는 어떤 사실을 알아채 고 슬픈 마음이 들었다네. 처음에 나는 그들과 어울려서 친숙하게 이것저것 물어보기도 했는데, 두서너 사람은 바보 취급을 당한다고 생각해 매우 냉정하게 나를 배척했네. 그러나 나는 별로 기분이 상 하지 않았어. 이미 이따금 눈치채고 있던 걸 새삼 더 진하게 느꼈을 따름이지. 즉 어느 정도 지체가 높은 사람들은 언제나 서민층에 대해 차가운 거리를 두고 있으니까 말이야. 가까이 사귀면 손해를 입는다고 생각하는 거지. 뿐만 아니라 경박한 사람이나 질이 나쁜 허풍쟁이도 있어서, 겸손한 체하면서도 실은 가난한 사람들에게 자신의 우월감을 한층 더 크게 과시하려고 하지.

우리들은 평등하지 않아. 또 평등해질 수 없다는 것을 나도 잘 알고 있네. 그러나 위엄을 유지하기 위해서는 천민에게서 멀어질 필요가 있다고 생각하는 인간은 패배하는 게 두려워서 적에게 모습을 감추는 비겁자와 마찬가지로 몹쓸 녀석들이라고 나는 생각해.

얼마 전에 샘에 갔을 때 한 젊은 하녀 아가씨를 만났어.

그녀는 물동이를 맨 아래 계단에다 놓아두고 누군가 아는 이가 와서 그걸 자기 머리 위에 올려놓아주길 바라며 주위를 두리번거리고 있었지. 나는 밑으로 내려가서 아가씨를 바라보았어. 그리고 "거들어줄까, 아가씨" 하고 물었다네.

아가씨는 얼굴이 홍당무가 되어 "아네요, 나리" 하고 말했어. 그러나 내가 "사양할 거 없어요" 하고 말하니까 그녀는 머리 위의 똬리를 바로잡더군. 나는 거들어주었지. 그녀는 고맙다는 말을 남기고 계단을 올라갔어.

5월 17일

여러 계층의 사람들과 알게 되었지만 동료라고 할 만한 사람은 아직 발견하지 못했어. 다른 사람에게 내가 어떤 매력을 가지고 있는지 나 자신은 모른다네. 그러나 많은 사람이 나를 좋아해주고 호의를 베풀지. 그렇지만 우리가 동행할 수 있는 길이 극히 적다는 건 슬픈 일이야. 이곳 사람들은 어떠냐고 질문을 받는다면, 어느 곳이나 다 마찬가지야, 하고 대답할 수밖에 없어. 인간은 다 마찬가지야. 대개의 인간은 대부분의 시간을 먹고살기 위해서 소비해버리지. 그들에게 남겨진 얼마 안 되는 자유로운 시간, 이것이 그들의 근심의 씨앗인데, 거기서 놓여나기 위해 온갖 수단을 다 쓴다네. 아아, 인간의 운명이여!

그렇기는 하지만 매우 마음씨가 좋은 사람들이야! 때때로 나는 스스로를 잊어버리고 깨끗이 준비된 식탁에 둘러앉아 흉허물없이 농담을 주고받고, 함께 마차를 타고 나들이를 하거나 무도회를 열기도 하며, 그 외에 온갖 기쁨을 같이 맛본다네. 그런 일들은 내게는 정말 좋은 느낌이야. 그러나 내가 그들과 즐길 수 있는 때는, 나의 가슴속에 또 다른 많은 힘이 있어서 그것들이 모두 사용되지 않고 썩어가고 있다는 생각이 든다거나, 그것을 조심해서 감추어야 할 때뿐이네. 아아, 그것을 생각하면 가슴이 답답해져. 그러나 오해를 받는다는 건 인간의 운명이 아닌가.

아아, 소년 시절에 친구였던 그 여자는 지금 이 세상에 없어. 예전에는 그렇게 친히 알고 지냈건만! 이 세상에서 찾아볼 수 없는 걸 희구하고 있는 데 스스로 어리석다고 말해야겠지. 그렇지만 그녀는 한때 내 것이었다. 그녀의 그 마음을, 그 커다란 영혼을 내 안에서 느꼈어. 그녀 앞에 있으면 나는 나 자신 이상의 존재였지. 실제의 나보다 훨씬 위대한 것처럼 생각되었어. 아아, 하느님! 그 무렵 내 영혼의 힘 중에서 발휘되지 않고 남아 있었던 건 하나도 없었어. 그녀

앞에서는 자연을 포옹하는 저 불가사의한 감정의 일체까지도 표현할 수가 있었지. 우리의 사귐은 참으로 섬세한 감정과 날카로운 지성이 짜낸 영원한 옷감이 아니었던가. 그 엮어 짠 교차 무늬는 대담함을 덧입어 천재라는 낙인이 찍히지 않았던가! 그리하여 지금은! 나보다 위였던 그녀의 나이는 나보다 먼저 그녀를 무덤으로 데리고 갔네. 나는 절대로 그녀를 잊지 못할 거야. 그녀의 굳은 심성, 하느님과도 같은 인내심은 잊지 못할 거야.

며칠 전에 나는 V라는 젊은 남자를 만났어. 잘생긴 얼굴의 소탈한 청년이야. 대학을 갓 나왔는데 특별히 현명하다곤 생각하지 않지만 다른 사람보다 아는 것은 더 많다고 생각하고 있었지. 공붓벌레였던 것 같아. 어쨌든 상당히 아는 게 많은 사람이야. 내가 그림을 많이 그리고, 희랍어도 할 줄 안다(독일에서 이 두 가지는 유성의 낙하만큼 남의 눈길을 끈다)는 걸 듣고, 그는 나를 찾아와서 온갖 지식을 있는 대로 쏟아놓더군. 바퇴*에서 우드**, 드 필레***에서 빈켈만****, 나아가서는 줄체르*****의 이론 1부도 모조리 통독했고, 고대 연구에 관한 하이네******의 강의 노트도 한 권 가지고 있다고 했어. 나는 기꺼이 그의 얘기를 들어주었지.

---

*   Charles Batteux, 1713~1780. 프랑스의 미학자
**   Robert Wood, 1716~1771. 영국의 호메로스 연구가
***   Roger de Piles, 1635~1709. 프랑스의 화가, 미술 연구가
****   Johann Joachim Winckelmann, 1717~1768. 독일의 고대미술사가
***** Johann Georg Sulzer, 1720~1779. 독일의 미학자
****** Christian Gottlob Heyne, 1729~1812. 독일의 고전문헌학 교수

또 한 사람, 매우 훌륭한 사람을 알게 되었어. 어느 공작 가문의 법무관으로 솔직하고 성실한 사람이야. 아홉이나 되는 아이들 속에 섞여 있는 그의 모습은 보는 이의 마음을 흐뭇하게 해준다고들 해. 특히 그의 큰딸에 대한 칭찬은 자자하지. 와달라는 청이 있기 때문에 근간 한번 찾아갈 작정이야. 그는 여기서 한 시간 반쯤 떨어진 거리에 있는 공작의 수렵관(狩獵館)에 살고 있어. 아내가 죽은 다음에 그곳으로 이사해도 좋다는 허가를 얻은 거지. 이 거리에 있는 관사살이에 진력이 났기 때문에.

그 밖에 묘하게 비뚤어진 변덕쟁이도 두서너 사람 만났는데, 그들이 하는 일이란 모두가 참을 수 없을 지경이군. 가장 질색인 건, 그들이 표시하는 친숙한 우정이야.

잘 있게. 이 편지는 자네 마음에 들 거야. 사실 그대로, 완전히 사실적으로 썼으니까.

5월 22일

인생이란 한갓 꿈에 불과하다는 건 지금까지 많은 사람들이 생각한 일이지만, 이 기분은 집요하게 나를 따라다니면서 떨어지지 않아. 인간이 활동하고 탐구하는 힘은 어떤 한계 속에 갇혀 있지. 인간의 모든 활동은 결과적으로 온갖 욕구를 만족시키기 위한 거고, 욕구란 우리들의 가엾은 생존을 연장하는 것 외에 다른 목적이 없네. 또 연구가 어느 정도 완성에 이르렀을 때 그걸 보고 안도의 숨을 내쉰다는 것 역시 망상적인 체념에 지나지 않지. 결국은 갇혀서 사는 감옥의 네 벽에 가지각색의 모습과 밝은 풍경을 그리는 것과 같은 거야. 이런 걸 생각하면, 빌헬름이여, 내게는 이제 쏟아놓을 말이 없네. 나는 다시 나 자신 속으로 되돌아와 거기서 하나의 세계를 발견하네. 그렇지만 그 세계는 명확한 표현이나 생생한 힘을 지닌 세계가 아니라 예감과 몽롱한 소망 속에 나타나는 거야. 여기서는 모든 것이 우리의 감각 앞에 어리고, 그리하여 나는 꿈꾸듯이 멀리 이 세계를 바라보며 미소 짓는다네.

어린아이는 의욕을 가지면서도 그 이유를 모르지. 이 점에 관해서는 박학다식한 학교 선생도, 가정교사도 모두 의견이 같아. 그러나 어른도 어린아이와 마찬가지로 이 지상을 헤매고 다니며 어디서 와서 어디로 가는지 모르는 채, 진정한 목적에 따라 움직이지 않고 비스킷이나 과자, 자작나무 회초리에 지배당하고 있어. 그러나 이 사실은 아무도 믿고 싶어 하지 않지. 불을 보는 것보다 더 명백한데도 말일세.

자네가 무어라고 대답할지를 알기 때문에 먼저 말해두겠는데, 어린아이들과 마찬가지로 그날그날을 덧없이 살아가면서 인형을 가지고 놀며 옷을 벗기기도 하고 입히기도 하며, 엄마가 꿀빵을 넣어 둔 서랍 주위에 아주 세심하게 발소리를 죽여 다가가서 끝내 원하는 것을 움켜쥐고는 한입 가득 문 채 "더!" 하고 소리 지르는 녀석, 이런 녀석들이 가장 행복한 생활을 하는 거야. 그야말로 행복한 놈들이지. 자기의 하찮은 일은 말할 것도 없이 자기의 욕정에까지도 무슨 야단스러운 이름을 붙여서, 이거야말로 인류의 구제와 복지를 위한 대사업이라고 나발을 불고 다니는 녀석들도 확실히 행복하다— 이런 일을 할 수 있는 자는 정말 행복하다. 그러나 이런 수작의 결과를 알고 있는 겸손한 사람도 있다. 또 만족하는 마음으로 살아가는 시민이라면 누구나 다 자기 집의 정원을 찬란하게 꾸며서 낙원으로 만들 줄을 알고 있으며, 불행한 사람마저 무거운 짐을 지고 허덕이면서도 꾸준하고 부지런히 걸어가고 있으며, 인간은 누구나 이 세상의 빛을 1분이라도 더 오래 바라보기를 원한다—라는 걸 잘 알고 있는 사람도 있어. 확실히 이러한 사람은 조용하게 자기 내면으로부터 자신의 세계를 만들어내지. 그리고 그 역시 하나의 인간이기 때문에 행복할 수 있다네. 그리하여 아무리 많은 제약을 받고 있어도 마음속에는 언제나 자유라는 달콤한 감정을 품고 있지. 원한다면 언제든지 이 감옥 같은 세상에서 탈출할 수 있다는 자유의 감정을 잃지 않는 걸세.

5월 26일

내가 살고 싶어 하는 집의 모습을 자네는 옛날부터 잘 알고 있지. 어디든지 마음에 드는 장소에 오두막을 세우고 거기서 줄이고 줄인 간소한 생활을 한다는 것 말이야. 여기서도 역시 나는 마음에 드는 장소를 발견했네.

거리에서 한 시간쯤 떨어진 곳에 바르하임*이라 불리는 마을이

---

* 여기서 나오는 마을을 찾지 말라. 원문에 있었던 본래 지명을 부득이한 사정으로 바꾸어 실은 것이다._원주

있어. 언덕에 자리 잡고 있는 위치가 매우 재미있고, 마을을 나와 오솔길을 올라가면 그 골짜기의 전경이 바라다보이지. 나이와는 어울리지 않게 상냥하고 건강한 레스토랑의 안주인이 포도주와 맥주, 커피를 내온다네. 게다가 무엇보다도 좋은 것은 두 그루의 보리수가 가지를 펴서 교회 앞의 작은 광장을 뒤덮고 있는 정경이야. 이 광장을 둘러싸고 농가, 헛간, 안뜰이 있어. 이렇게 정답고 조용한 장소는 좀처럼 찾아낼 수 없을 걸세. 나는 바깥으로 테이블과 의자를 내오게 하여 커피를 마시면서 나의 호메로스를 읽지.

어느 갠 날 오후, 처음으로 우연히 이 보리수 밑에 왔을 때 광장은 죽은 듯이 조용했었어. 모두들 들에 나간 거였지. 네 살쯤 된 사내아이 하나만이 땅바닥에 주저앉아, 생후 여섯 달쯤 된 갓난애를 두 다리 사이에 앉혀놓고 두 팔로 자기 가슴에 품고는 안락의자처럼 흔들어주고 있었어. 사내아이는 거무스름한 두 눈을 굴리며 주위를 둘러보곤 했지만 매우 의젓했어. 그 광경이 재미있어 보였다네. 그래서 맞은편에 있는 쟁기 위에 걸터앉아서 이 다정한 포즈를 신나게 스케치했어. 바로 옆의 울타리, 헛간 입구, 게다가 부서진 수레바퀴를 자연의 원근 그대로 덧붙여서 그렸지. 그렇게 해서 한 시간 뒤에는 작위(作爲)는 조금도 덧붙이지 않았는데도 균형이 잘 잡힌 매우 재미있는 스케치가 완성되었어. 이에 용기를 얻어서 나는 앞으로는 오직 자연에만 의지하자고 결심했다네. 오직 자연만이 한없이 풍요한 것이네. 오직 자연만이 위대한 예술가를 만드는 거야. 예술의 규칙에도 장점이 여러 가지 있겠지. 시민사회를 찬양해서 말할 때와 비슷해. 규칙에 따라서 자신을 만들어내는 인간은 절대로 저

속한 걸 만들어내지 않는다네. 법칙과 예의범절을 존중하는 인간이 결코 참을 수 없는 이웃 사람이나 지독한 악당이 될 수 없는 것과 마찬가지라네. 그러나 반면 모든 규칙이라는 것은 누가 무어라고 하든지 간에 자연의 참다운 감정과 표현을 파괴하지.

"그건 너무 지나치다. 규칙은 단지 제한일 뿐이야. 지나치게 자란 덩굴을 자르는 것뿐이지"라고 자네는 말하겠지. 벗이여, 그러면 비유를 하나 들까. 이를테면 사랑과 같은 거야. 어느 젊은 남자가 어느 아가씨에게 연정을 품어 아침부터 밤까지 바싹 붙어 다니면서 그녀를 위하여 몸과 마음을 모조리 바치고 있다는 것을 계속 나타내려고 자기의 모든 힘과 재산을 쏟아. 거기에 어떤 속물(俗物)이 나타나지. 그는 공직생활을 하는 사람으로서 이렇게 말한다네.

"젊은이, 연애를 한다는 건 인간적인 일이야. 자네도 인간적으로 연애를 해야 해. 자네의 시간을 쪼개서 하나는 일 쪽으로 돌리고 쉬는 시간을 자네의 아가씨한테 바치는 거야. 자네의 재산을 계산해서 필요한 경비 외의 여분이 있다면 그녀에게 선물을 보내는 일을 말리지 않겠어. 단 횟수가 너무 많아서는 안 돼. 이를테면 생일이라든가 세례날 등에 한해야 해."

만일에 그 남자가 이 말을 따른다면 그는 쓸모 있는 청년일 거야. 나는 이 남자를 공무원으로 취업시키는 것이 좋겠다고 어느 영주(領主)에게나 추천할 걸세. 그러나 그의 연애는 끝장이지. 또 만일 그가 예술가라면 그의 예술은 끝장이야. 오오, 벗이여! 천재의 물줄기가 쏟아져 내리는 일은 왜 이다지도 드문가. 소용돌이치며 격류를 이루어 자네들의 영혼을 뒤흔드는 일이 왜 이다지도 드문가. 나의 사랑하는 벗들이여, 천재의 물줄기 양쪽 기슭에는 태연한 신사들이 살고 있다네. 그들은 자기의 뜰과 정자, 튤립의 화단과 화원이 그 격류 때문에 망가지기 전에 때를 놓치지 않고 둑과 배수로를 만들어서 닥쳐올 위험에 대비하고 있다네.

5월 27일

어쩌다 지나치게 흥분한 나머지 비유와 열변을 많이 늘어놓아, 그 아이들이 그 후에 어떻게 되었는지 끝까지 이야기하는 걸 잊어버리고 말았네. 어제 한 편지에서 극히 단편적으로 이야기한 것처럼 나는 그림을 그리는 기분에 잠겨서 그 쟁기 위에 그럭저럭 두 시간이나 앉아 있었어. 그러자 저녁때가 되어 젊은 여자가 그때까지 얌전하게 움직이지 않고 있던 아이들한테로 왔어. 팔에 자그마한 바구니를 낀 그 여자는 멀리서부터 소리치더군.

"필립스, 넌 참 착한 아이야."

그녀는 나에게 인사를 했어. 나도 목례를 하고 일어서서 다가가 어머니냐고 물었지. 그렇다고 그녀는 대답하고 큰아이에게 흰 빵을 반쯤 주고 나서 막내아이를 안아 올리고는 사뭇 어머니다운 애정을 담아서 키스했어.

"전 필립스에게 막내아이를 보라고 하고는 맏아들을 데리고 거리에 나갔다 왔어요. 흰 빵과 설탕과 냄비를 사기 위해서죠."

모두 뚜껑이 달린 바구니 속에 들어 있었어.

"한스(이것이 막내아이의 이름이었다)에게 저녁식사로 수프를 만들어줄 작정이에요. 개구쟁이 맏아들이 어제 필립스와 남은 죽을 가지고 다투다가 냄비를 깨버렸지 뭐예요."

나는 그 맏아들은 어디에 있느냐고 물어보았어.

"그 애는 들판에서 거위를 쫓아다니고 있답니다" 하고 어머니가 채 말도 끝맺기 전에 그 애가 달려와서 둘째아이에게 가문비나무 회초리를 갖다주더군. 그 여자와 말을 주고받으며 그녀가 학교 선생의 딸이라는 것, 남편이 사촌의 유산을 받으러 스위스에 갔다는 걸 알게 되었지.

"모두들 주인을 속여서 유산을 가로채려고 했지요" 하고 그녀는 말했어.

"몇 번씩이나 편지를 해도 회답이 없었어요. 그래서 주인이 간 거죠. 무슨 나쁜 일이 일어나지 말아야 할 텐데요. 좌우간 연락이 전혀 없기 때문에."

나는 이 여자와 이대로 헤어지기가 좀 난처해서 아이들에게 각각 1크로이처씩을 주고, 막내아이 몫으로도 1크로이처를 어머니에게 건네고는 거리에 나가거든 수프에 넣을 흰 빵을 사주라고 말했어. 그러고 나서 우리는 헤어졌어.

벗이여, 솔직히 말해서 스스로 자신의 기분을 억제할 수 없을 때는 이런 사람을 만나면 마음의 불안이 말끔히 가시지. 이들은 태연스럽게 자기들의 궁색한 생활에 만족하며 그날그날을 견뎌나가고, 나뭇잎이 지는 것을 보아도 겨울이 왔다는 것 이외에는 아무것도 생각하지 않는다네.

그때부터 나는 자주 그곳에 가네. 아이들은 완전히 나를 따르게 되어 내가 커피를 마시면 설탕을 달라고 매달리고, 저녁때에는 버터빵과 요구르트를 나와 함께 나누어 먹는다네. 일요일에는 빠짐없이 1크로이처씩 주고 있어. 저녁기도 시간이 지나도 내 모습이 보이지 않을 때는 레스토랑 안주인이 내가 부탁한 대로 돈을 주고 있지.

아이들은 친숙해져서 온갖 것을 다 이야기해줘. 특히 재미나는 것은 마을 아이들이 많이 모였을 때 보여주는 그들의 격렬한 성품과 솔직한 욕구의 표현이야.

아이들이 이 지체 높은 나리에게 폐를 끼치고 있지나 않은가, 하는 어머니의 걱정을 덜어주려고 나는 무척 애를 쓰고 있다네.

5월 30일

요전에 자네한테 그림에 대해 말한 건 확실히 문학에서도 해당하는 이야기야. 요컨대 가장 중요한 점을 파악하여 솔직하게 표현한다는 거지. 물론 말로는 간단하지만 의미는 매우 깊다네. 오늘 나는 어떤 정경과 마주쳤어. 그걸 그대로 그리면 더없이 아름다운 목가가 될 거야. 그러나 문학이란, 정경이란, 목가란 도대체 무엇인가? 자연이 우리에게 올 때, 우리는 단지 자연 현상에 그대로 들어가면 되는 거지.

이런 식으로 써 내려가니까 굉장히 고상한 논의가 전개될 것 같지만, 그런 기대를 품는다면 자네는 실망할 거야. 나에게 이렇듯 강한 관심을 두게 한 건 실은 어떤 젊은 하인이야. 언제나와 마찬가지로 나의 화법은 서투르지. 그래서 아마 자네는 습관대로 내가 과장하고 있다고 생각할 걸세. 이것 역시 바르하임에서의 이야기야. 이런 희귀한 사건이 일어나는 곳은 언제나 바르하임인 거야.

밖의 보리수 밑에서 커피를 마시고 있는 사람들이 있었어. 그들이 어쩐지 마음에 들지 않아서 나는 구실을 내세워 한데 어울리지 않았지.

바로 그때 이웃집에서 젊은 하인이 나와 전날 내가 스케치를 한 그 쟁기를 고치기 시작했어. 나는 그 모습이 마음에 들어서 말을 걸며 그의 신상에 관해 물었지. 우리는 마음이 통하게 되었고, 언제나 그렇게 되지만, 당장에 친해져버렸다네. 그는 어떤 미망인의 집에서 일하고 있으며, 매우 대우를 잘 받고 있다고 했어. 그 여자를 칭찬해서 말하는 걸로 보아 그 여자를 사랑하고 있다는 걸 느낄 수 있었네.

"마님은 이제 젊지 않습니다. 첫 남편한테서 심한 학대를 받았기 때문에 두 번 다시 결혼할 마음은 없다고 합니다" 하고 그는 말했어. 그의 이야기를 듣고 있으니까 그에게 있어서 그녀는 얼마나 아름답고 얼마나 친절한 여자인지, 그 첫 남편에 대한 쓰라린 추억을 지울 수 있도록 자기를 남편으로 삼아주기를 얼마나 바라는지를 분명히 알 수 있었네. 이 남자의 한결같은 애착, 청순한 연정(戀情), 그 성실함을 자네한테 그대로 전하려면 한마디 한마디를 그대로 되풀이해야 할 거야. 아니, 그의 몸짓, 표정, 목소리의 좋은 울림, 눈동자에 은근히 불타오르는 정열을 더불어 생생하게 묘사하기 위해서는 시인의 천성을 가지고 있지 않으면 안 될 걸세. 아니, 그의 모습 전체와 표정, 깊숙이 깃들인 상냥함은 도저히 말로는 표현할 수가 없을 거야. 내가 아무리 재현해보려고 해도 결국은 졸렬하기만 한 표현이 되고 만다네. 특히 감동한 건 내가 그와 여주인의 관계를 불륜이라고 생각하지는 않을까, 그녀의 훌륭한 행실에 의심을 품지는 않을까 하고 두려워하는 점이었네. 이미 젊음의 매력을 잃고 있지만 그래도 강렬하게 그를 사로잡고 있는 그녀의 육체에 대하여 이야기를 할 때 그의 매력적인 모습을 나는 오직 내 마음 밑바닥에서만 되풀이해볼 수밖에 없네. 나는 지금까지 그토록 애절한 사랑, 그토록 열렬한 연정의 소망을 이토록 순수하게 표현하는 모습을 본 적이 없어. 아니, 그 같은 순수한 표현을 생각한 일도, 꿈을 꾼 일도 없었지. 자네한테 이런 말을 했다고 해서 책망은 말게. 이러한 순정과 진실을 생각하면 내 영혼의 깊은 곳이 불타오른다네. 그 진정과 성실함이 어디까지나 나를 뒤따라와서 자신도 그것에 타들어 가듯이 그리워하고 바라며 괴로워한다네.

나는 그녀를 될 수 있는 대로 빨리 만나보고 싶다고 생각하기도 하고, 또 생각을 고쳐 그것을 피하려고 생각하기도 한다네. 사랑하는 사람의 눈을 통하여 보는 편이 좋을 것이네. 내 눈에 비치는 그녀는 틀림없이 지금 내 마음속에 자리하고 있는 그녀와는 다를 것이네. 무엇 때문에 이 아름다운 환영(幻影)을 파괴할 필요가 있겠는가.

6월 16일

왜 편지를 하지 않느냐고? 그런 걸 묻다니 그러고도 자네는 스스로를 학자라고 할 텐가? 짐작해보게, 나는 건강하고 더욱이 — 요컨대 어떤 사람과 알게 되어 그 사람을 잊을 수 없게 되었다네. 나는 말이야, 무어라고 말할까. 알 수가 없다네.

더없이 사랑스러운 그녀와 알게 된 과정을 조리 있게 이야기한다는 건 어렵지. 나는 만족하고 있어. 나는 행복해. 그래서 사실 그대로를 쓰는 건 잘 되지 않는다네.

천사! — 아니, 아니, 자기의 연인에 관해서는 누구든지 그렇게 말하지 않는가! 어떤 말로도 나는 그녀가 얼마나 완전한가를 자네한테 말할 수 없어. 결국 그녀는 나의 모든 감각을 송두리째 사로잡고 말았지.

그토록 지혜로우면서도 소박하고, 그토록 꿋꿋하면서도 상냥하며, 착하고 활발하고 영혼의 평화를 잃지 않는 아주 착한 마음씨.

그녀에 관해서 이런 식으로 말해보았자 결국 모든 것은 싫증 나는 잔소리에 지나지 않을 뿐, 나는 그녀 본질의 한 조각도 전하지 못해. 또 언젠가 기회를 보아서 아니, 또 언젠가가 아니라, 지금 당장 이야기하기로 하지. 지금 하지 않으면 할 기회가 없을 거야. 왜냐하면 자네한테만 하는 이야기지만, 나는 이 편지를 쓰기 시작하고 나서도 이미 두 번이나 펜을 놓고 말에 안장을 얹어서 그녀에게로 달려가려고 했다네. 가지 않겠다고 오늘 아침에는 스스로 맹세까지 했는데도 연신 창가로 달려가서는 태양이 어느 정도 높이 솟았는지 보곤 한다네…….

아무래도 참을 수가 없어서 그녀한테 가고 말았어. 지금 막 돌아와서 밤참으로 샌드위치를 먹고, 빌헬름 자네한테 편지를 쓰려고 하는 참이야. 귀엽고 발랄한 여덟 오누이에 둘러싸여 있는 그녀의 모습을 본다는 것은 나의 영혼에 얼마나 큰 기쁨인지 모른다네.

이런 식으로 써 내려간다면 결국 뭐가 뭔지 자네는 어리둥절해지겠지. 제발 들어주게. 지금부터는 틀림없이 상세히 이야기할 테니까. 앞서 자네한테 써 보냈듯이, 나는 법관 S 씨와 알게 되어 그의 은신처—라기보다는 오히려 그의 작은 왕국이라고 하는 편이 좋겠지만—를 방문해달라는 요청을 받고 있었는데 가지 않고 있었다네. 만일 우연히 그 조용한 곳에 숨어 있는 보물을 발견해내지 않았더라면, 아마 끝내 가지 않았을지도 모르지.

이곳의 젊은 친구들이 무도회를 연다고 하기에 나도 기꺼이 거기에 가기로 했네. 나는 이 고장에 사는 기품이 있고 미인이기는 하나 달리 개성은 없는 아가씨한테 나의 파트너가 되어달라고 부탁했지. 그래서 나는 마차를 빌려 나의 파트너와 그녀의 사촌을 데리고 회장으로 가는 도중에 샤를로테 S 양을 태워 가기로 이야기가 되었어.

"아름다운 분과 알게 되실 거예요."

마차가 넓게 트인 숲을 지나 수렵관을 향해 갈 때 내 파트너는 말했네.

"정신 차리셔야 해요."

그녀의 사촌누이가 받았어.

"사랑하지 않도록 말예요."

"왜요?" 하고 나는 물었네.

"그분은 이미 약혼자가 있답니다."

내 파트너가 대답했네.

"매우 훌륭한 분이시죠. 부친이 돌아가셔서 그 뒤처리를 할 겸,

또 훌륭한 지위도 얻을 겸 여행 중이지요."

이런 이야기는 내게는 별로 흥미가 없었네.

우리가 어떤 저택 문 앞에 다다랐을 때는 해가 산마루에 떨어지기까지 아직 15분 정도 남은 시각이었어. 몹시 무더워서 부인들은 소나기가 올까 걱정하고 있었네. 지평선 가득히 회백색 구름이 뭉게뭉게 피어올라서 당장이라도 소나기가 쏟아질 것 같았지. 나는 기상학적 지식을 들먹이며 부인들의 불안을 가시게 했으나, 실은 자신도 모처럼의 즐거움이 헛되이 되어버리지나 않을까 걱정이 되기 시작했다네.

나는 마차에서 내렸어. 그러자 하녀가 대문까지 나와서 "잠깐만 기다려주세요, 로테 아가씨는 곧 나오실 겁니다" 하고 말했어. 나는 안뜰을 지나 훌륭하게 지은 집 쪽으로 걸어갔다네. 현관으로 통하는 계단을 올라가서 문을 열고 안으로 들어가자, 지금까지 보지 못한 참으로 황홀한 광경이 눈 앞에 펼쳐지더군. 현관홀엔 두 살에서 열한 살 사이의 아이들 여섯이 아름다운 아가씨를 둘러싸고 있었네. 그 아가씨는 산뜻한 흰옷을 입고 팔과 가슴에 분홍빛 나비매듭 리본을 달고 있었어. 그녀는 흑빵을 들고 서서 주위의 아이들에게 각자의 나이와 식욕에 알맞은 크기로 잘라서 한 조각씩 상냥하게 나누어주고 있었지. 아이들은 아직 빵을 자르기도 전부터 작은 손을 높이 쳐들면서 천진스럽게 "고맙습니다!" 하고 소리를 치고 있었네. 빵을 받자 이 저녁식사에 만족하여 곧장 달려가버리는 아이도 있었으나, 성격이 온순한 아이는 로테 누나가 타고 갈 마차와 다른 손님들을 바라보려고 조용히 대문 쪽으로 걸어갔다네.

"죄송합니다. 당신께는 수고를 끼치게 되고 부인들께는 기다리시게 해서. 옷을 갈아입고 제가 없는 동안에 해야 할 여러 가지 집안일을 하다 보니 아이들에게 빵을 나누어주는 걸 그만 잊고 있었어요. 아이들은 제가 잘라주지 않으면 싫다는 거예요."

나는 예사롭게 인사를 했으나 그 모습, 그 목소리, 그 몸가짐에 내 영혼은 완전히 몰입되고 말았어. 그녀가 장갑과 부채를 가지러 방에 들어갔을 때에야 가까스로 나는 뜻하지 않은 놀라움에서부터 자신으로 돌아올 수가 있었다네. 아이들은 조금 떨어진 곳에서 가만히 나를 바라보고 있었지. 나는 제일 귀여운 얼굴의 막내아이 쪽으로 걸어갔어. 그 아이는 뒤로 물러나더군. 그때 마침 로테가 문을 열고 나와서 말했어.

"루이, 사촌형과 악수를 해야지."

사내아이는 순순히 시키는 대로 했어. 나는 코가 조금 더러웠지만 그 아이에게 진심으로 키스하지 않을 수 없었다네.

"사촌형이라고요?"

나는 그녀에게 손을 내밀면서 말했어.

"당신의 친척이 되어서 참으로 행복합니다."

"어머."

그녀는 장난스럽게 미소 지었어.

"우리는 친척이 참으로 많아요. 그렇지만 그중에서 당신이 제일 나쁜 분이라면 야단났네요."

떠날 때 그녀는 바로 아래 누이인 열한 살쯤 된 소피에게, 아이들을 잘 보살피고 아버지가 승마 산책에서 돌아오시면 잘 말해달라고 부탁했어. 그리고 나서 아이들에게는 소피 누나를 로테 누나라고 생각하고 말을 잘 들으라고 일렀지. 두서너 명은 분명하게 약속했으나 여섯 살쯤 된 야무진 금발의 계집애는 말했어.

"그렇지만 소피 언니는 로테 언니가 아니야. 우리는 역시 로테 언니가 제일 좋아요."

그러는 사이 사내아이 둘은 벌써 마차 뒤에 기어 올라가 있었네. 내가 청을 하는 바람에 로테는 장난을 치지 않고 마차를 꽉 붙들고 있겠다고 약속을 한다면 숲 입구까지 따라와도 좋다고 허락했어.

모두 자리에 앉자 여자들은 서로 인사를 나누고는, 옷에 관해서 특히 모자에 관해서 의견을 나누다가 오늘 밤 무도회에서 만날 사람들에 대한 이야기까지 화제에 올렸네. 그사이 로테는 마부에게 마차를 세우게 하여 동생들을 내려놓았지. 동생들은 다시 한번 로테의 손에 키스하려고 매달렸어. 큰아이는 열다섯 살 나이에 어울리게 매우 부드럽게 키스했으나 다음 아이는 매우 무뚝뚝하고 격렬하게 키스했다네. 로테는 다시 한번 어린 동생들에게 인사를 시켰지. 우리는 마차를 몰았어.

그 사촌누이는, 전번에 빌려준 책을 다 읽었느냐고 로테에게 물었네.

"아니오. 아무래도 흥미가 끌리지 않아요. 돌려드릴게요. 먼젓번 것도요."

나는 어떤 책이냐고 물어보았는데 《×××》*라는 그녀의 대답을

---

* 편지의 이 부분은 부득이 삭제했다. 어떤 작가든 한 소녀나 청년의 비평 따위에는 거의 신

듣고 놀랐어. 그녀가 말하는 것에는 모두 뚜렷한 개성이 있었네. 입을 열 때마다 그녀의 모습에서 새로운 매력, 새로운 지성미가 솟아나는 것 같았어. 내가 이해하고 있다는 것을 나의 표정에서 읽을 수 있었던지 그녀의 얼굴도 차츰 즐겁고 부드러워지더군.

"어렸을 때는 소설이 무엇보다 좋았어요. 일요일에는 어디든 구석에 앉아서, 이를테면 미스 제니*와 같은 사람의 행복과 불행에 완전히 열중했었는데, 참으로 즐거웠지요. 솔직히 말씀드린다면 지금도 좋아는 하고 있습니다. 그러나 지금은 좀처럼 책을 펴들지 않기 때문에 정말 취미에 맞는 것을 읽고 싶어요. 자신이 살고 있는 세계와 같은 세계가 묘사되어 있고 자신과 같은 처지의 인물, 게다가 자기의 가정생활과 마찬가지로 흥미 있고 가슴이 저려오는 듯한 이야기를 쓰는 그런 작가가 제일 좋아요. 물론 우리들의 생활이 천국은 아니지만, 말로 표현할 수 없는 행복의 원천이기 때문이죠."

이 말을 듣고 나는 감동했으나 그것을 감추려고 꽤 노력했어. 하지만 언제까지고 숨길 순 없었지. 왜냐하면 그녀가 이야기 끝에 《웨이크필드의 교구목사(敎區牧師)》**와 《×××》***에 대하여 올바르게 이야기하는 것을 듣자, 나는 완전히 넋을 잃고 내가 알고 있는 것

경을 쓰지 않지만, 그래도 누군가 항의할 기회를 주지 않기 위해서다. _원주

* 당시 인기 있던 프랑스의 작가 마리 잔 리코보니의 소설(1764년 독어판) 속의 주인공이다.

** 영국 작가 올리버 골드스미드의 가정소설이다.

*** 여기서도 두서너 명의 독일 작가 이름은 생략했다. 로테가 칭찬하는 작품에 관심을 가진 사람이라면, 이 부분을 읽고 틀림없이 누구라는 것을 알게 될 것이다. 그러나 굳이 알 필요는 없다. _원주

을 죄다 털어놓았기 때문이야. 그리하여 얼마 후 로테가 딴 여자들에게 말머리를 돌렸을 때에야 비로소 정신이 들었어. 이때까지 이 사람들은 쭉 존재를 무시당한 채 어처구니없어 하면서 그곳에 앉아 있었던 거지. 사촌누이는 비웃듯이 얼굴을 찡그리고 몇 번이나 나를 쳐다보았지만 나는 조금도 개의치 않았네. 화제는 댄스의 즐거움으로 옮겨갔어. 로테가 말했지.

"댄스열(熱)은 병이라고들 하지만 솔직히 말씀드리자면, 저는 춤을 추는 것만큼 좋아하는 게 없어요. 무언가 언짢은 일이 있더라도 집의 낡은 피아노로 대무곡(對舞曲)을 치고 있는 동안이면 기분이 완전히 좋아지고 말거든요."

이야기를 계속하는 동안 나는 그녀의 검은 눈동자를 얼마나 응시하고 있었던가 — 싱싱한 입술과 산뜻하고 생기 넘치는 볼에 내가 얼마나 매혹되었던가 — 그녀가 하는 이야기의 내용에 정신이 팔린 나머지 그녀가 이야기하는 말소리마저 귀에 들어오지 않았던 일이 몇 번이었던가 — 자네는 알 거야, 자네는 누구보다도 나를 잘 알고 있으니까.

마차가 무도회장 앞에 멈추었을 때 나는 마치 꿈을 꾸고 있는 사람 같았네. 꿈꾸는 듯한 심정으로 주위의 황혼 속으로 녹아들고 말았어. 위의 밝은 홀에서 울려오는 음악도 거의 귀에 들어오지 않았지. 두 사람의 신사, 아우드란과 또 무어라고 하는 사람 — 이름 따위를 일일이 기억하고 있겠는가 — 이 사촌과 로테의 파트너였는데, 마차의 문 있는 데까지 나와서 우리를 맞이하여 각각 파트너를 데리고 갔네. 나도 나의 파트너를 위층으로 데리고 갔어.

우리는 물결치듯 서로의 주위를 빙글빙글 돌면서 미뉴에트를 추었네. 나는 차례로 파트너를 바꿔가면서 추었지. 그런데 여자들이 쉽게 내 손을 놓아주려 하지 않았어. 로테와 파트너가 영국식 댄스를 시작했네. 얼마 안 있어 그녀는 우리들 조(組)와 합쳐져서 춤추게 되었네. 그때의 나의 기쁨을 자네도 알아주겠지. 춤추고 있을 때 그녀의 모습은 정말 대단했네! 온 정력과 정신을 다 쏟아서 몸 전체가 하나의 조화를 이루지. 자연스럽고 조금도 거리낌이 없는 상태, 마치 춤만이 전부인 것 같은 상태라네. 그것밖에는 아무것도 생각하지 않고 아무것도 느끼지 않는 것 같네. 지금 이 순간은 춤 이외의 모든 것은 분명히 그녀 앞에서 사라지고 없었네.

나는 그녀에게 두 번째 대무(對舞)를 요청했어. 그녀는 세 번째에도 허락해주었네. 그러고는 참으로 사랑스럽고 솔직하게, 실은 독일식 댄스가 추고 싶어 못 견디겠다고 말했지.

"이 지방의 관례대로라면, 독일 왈츠를 출 때는 파트너를 바꾸지 않는답니다. 하지만 저의 파트너는 왈츠가 서투르기 때문에 그 노고를 덜어드리면 고마워할 거예요. 당신의 파트너도 출 줄 모르니까 괜찮을 거예요. 영국 춤을 출 때 보았는데 왈츠를 참 잘 추더군요. 왈츠 상대를 해주실 거라면 제 파트너에게 가서 부탁해주세요. 저는 당신 파트너한테 가서 허락을 구하겠어요."

나는 악수로 약속했네. 그녀의 파트너에게 그동안에 나의 파트너와 이야기를 주고받아달라고 부탁했지.

드디어 춤이 시작되었네. 한참 동안 우리는 팔을 여러 모양으로 끼고 즐겼지. 그녀의 몸놀림은 참으로 아름답고 경쾌했네. 이윽고 왈츠가 시작되자 우리는 마치 별처럼 상대방 주위를 빙빙 돌았어. 이 춤을 출 수 있는 사람은 극히 드물었으므로 처음에는 얼마간 혼란이 일어났지. 우리는 현명하게도 우선 그들이 뛰는 대로 내버려 두었다가 서투른 무리들이 홀에서 물러나고 나서야 춤을 추기 시작했고 다른 한 조인 아우드란과 그 파트너도 마음껏 춤추었네. 이렇듯 경쾌하게 춤춘 적은 일찍이 없었네. 나는 이미 이 세상 사람이 아니었지. 참으로 사랑스러운 아가씨를 팔에 안고 같이 뛰놀고 있자니까 주위의 모든 것이 사라지고 말았어. 그리하여 빌헬름이여, 솔직히 말하자면 나는 맹세했네. 내가 만일 어떤 소녀를 사랑하여 그 사람에게 요구할 권리가 있다고 한다면 나는 절대로 나 이외의 남자와는 춤추게 하지 않을 테야. 설령 내가 그 때문에 멸망하는 일이 있더라도 말일세. 나의 이 기분을 제발 이해해주게!

한숨 돌리기 위하여 우리는 두서너 바퀴 홀을 빙 둘러보았어. 그러고 나서야 그녀는 자리에 앉았네. 내가 간직해두었던 오렌지─하나밖에 없었지만─는 엄청난 효과가 있었지. 하지만 그녀가 염치없는 이웃 여인에게 예의상 오렌지 조각을 나누어줄 때마다 나는 가슴이 찔리는 것 같은 느낌이었네.

세 번째의 영국식 댄스 때 우리는 두 번째 조였네. 줄 사이를 누비고 춤추면서 순수하고 티 없는 즐거움에 빠진 순진한 표정의 그녀와 바로 그런 그녀에게 이끌리는 끝없는 기쁨에 젖어 있었을 때 우리는 어떤 부인 곁을 스치게 되었어. 그리 젊지도 않은 얼굴이었으나 상냥한 표정을 짓고 있었기 때문에 아까부터 눈에 띄었지. 그 부인은 미소를 지으면서 로테를 가만히 바라보고 있다가 으름장을 놓듯이 손가락을 세우고는 춤추며 곁을 지나칠 때에 두 번씩이나 알베르트라는 이름을 매우 의미심장하게 불렀네.

"실례가 되는 질문입니다만 알베르트가 누구죠?"

로테는 대답하려고 했으나 커다란 8자를 그리는 춤을 시작하느라 바로 떨어지지 않으면 안 되었지. 그리고 춤추면서 앞을 스쳐지나갔을 때에 그녀의 얼굴에는 일말의 우수의 그림자가 깃들여 있는 듯한 느낌이었네.

"왜 감추겠어요."

프롬나드를 추기 위해 나에게 팔을 내밀면서 그녀는 말했어.

"알베르트는 훌륭한 사람이에요. 저와는 약혼한 사이나 다름없죠."

이건 내게 새로운 사실은 아니었네(도중에 아가씨들이 내게 이야기해주었으니까). 그러나 지금 그것은 전혀 새로운 느낌이었지. 왜냐하면 짧은 순간에 나에게 있어서 이렇게도 소중한 존재가 된 이 사람과 결부시켜서 그 일을 생각한 적은 아직 없었기 때문이네. 나는 당황하여 정신없이 허둥대다가 다른 조에 끼어들었기 때문에 모든 것이 뒤죽박죽되고 말았어. 그러나 로테가 침착하게 처리해주었기 때문에 금방 질서는 회복되었지.

아까부터 번갯불이 지평선에 번쩍이는게 보였으나 나는 단순한 번개라고 얼버무리고 있었지. 그러나 춤이 아직 끝나기도 전에 점점 심해져서 천둥소리 때문에 음악이 들리지 않을 지경이 되었네. 세 여자가 줄에서 빠져나갔어. 상대 남자들은 그 뒤를 쫓았지. 홀 안이 어수선하게 되어 음악이 그쳤네. 한창 즐거울 때에 어떠한 사고라든가 무서운 일을 당하면 여느 때보다 한층 더 강렬한 인상을 받는 것이 당연하지 않은가. 그건 첫째, 둘의 대조(對照)가 선명하게 느껴지기 때문이고, 또 한 가지는 우리의 감각이 열려 감수성이 예민해져서 그만큼 신속하게 인상을 받아들이기 때문이지. 몇몇 여자가 묘하게 얼굴을 찡그렸는데 그것도 이 때문이었을 것임이 틀림없네. 어떤 여자는 창을 등에 대고 구석에 앉아서 귀를 틀어막고 있었어. 또 한 여자는 그 앞에 꿇어앉아서 무릎에 얼굴을 파묻고 있었고. 한 여자는 이 두 사람 사이를 비집고 들어가서 그 자매들을 끌어안으면서 눈물을 뚝뚝 흘리고 있었지. 집으로 돌아가자는 말을 꺼내는 여자도 있었어. 그뿐만 아니라 스스로 무엇을 하고 있는지 분간 못 하게 된 여자들은 날치기로 그녀들에게 키스하려는 젊은 신사들의 엉큼함을 저지할 만한 힘마저 잃고 있었네. 젊은 사내들은 아름다운 여인들이 절박한 공포 때문에 하늘에다 드리는 기도를 그녀들의 입술로부터 탈취하려고 정신없이 날뛰고 있는 것 같았지. 두서너 명의 신사는 조용히 담배라도 피울 양으로 아래로 내려갔네. 이 집 안주인은 순간적으로 꾀를 생각해내어 덧문과 커튼이 있는 방을 제공했으며 위에 남아 있던 사람들도 그것을 사양하지 않았지. 그 방에 가자 로테는 지체 없이 의자를 둥글게 모아놓고 모두를 앉게 한 후 어떤 놀이라도 하자고 제의했네.

그러자 몇몇 사내는 잘하면 벌칙으로 달콤한 키스라도 걸릴지 모른다는 기대로 벌써부터 입을 뾰족이 내밀고 신바람이 나는 모양이었네.

"숫자놀이를 해요."

로테가 말했어.

"자, 됐요? 오른쪽에서 왼쪽으로 돌아갈 테니까 여러분은 순서 대로 자기 차례의 숫자를 말씀해주세요. 도화선(導火線)처럼 빨리 진행되어야 해요. 머뭇거리거나 틀리게 말하는 분은 뺨을 맞게 됩니다. 자, 천까지 해봅시다."

보고만 있어도 재미있는 광경이었네. 로테는 한 손을 들고 돌기 시작했지. "하나" 하고 처음 사람이 시작하여 다음 사람이 "둘", 다시 다음 사람이 "셋" 하면서 진행되었어. 이윽고 그녀는 속도를 빨리했는데 속도는 더욱더 빨라졌네. 그러자 누군가가 잘못 대어서 찰싹 하고 뺨을 때리자 모두가 와아 하고 웃는 동안에 다음 사람도 또 찰싹! 속도는 더욱더 빨라져갔어. 나도 두 번이나 뺨을 맞았는데 다른 사람보다 더 강했다는 걸 알아차리고 기분이 좋았네. 모두들 와아와아 떠들어대서 천까지 세기도 전에 유희는 끝났네. 아주 친한 사람들끼리 한데 모였지. 소나기는 그쳐 있었네.

나는 로테를 따라서 홀로 나갔어. 도중에 그녀는 말했네.

"뺨을 때리는 통에 모두들 소나기고 뭐고 다 잊어버렸어요."

나는 아무 대답도 할 수 없었어.

"저도 굉장한 겁쟁이지만 다른 분들에게 용기를 주려고 애쓰는 동안에 용기가 솟아났어요."

로테가 말했지.

우리는 창가로 걸어갔네. 천둥소리는 멀어지고 시원한 비가 땅 위에 조용히 내리고 있었지. 주위 가득히 피어오르는 따뜻한 대기 속에서 상쾌한 향기가 이쪽을 향해 솟아오르고 있었다네. 로테는 창틀에 팔꿈치를 고인 채 바깥 경치를 바라보고 있었어. 그러고는 하늘을 바라보고 나서 나를 쳐다보았는데 눈에는 눈물이 가득 고여 있었네. 그녀는 손을 내 손 위에 얹고 나서 말했어.

"클롭슈토크!"*

그때 그녀의 머릿속에 있었던 저 훌륭한 송가(頌歌)를 나는 번개같이 생각해냈지. 그녀가 클롭슈토크라는 이 암호 같은 단어로 내게 쏟아부은 감정의 소용돌이 속에 나는 빠지고 말았네. 나는 참다못해 몸을 굽혀 환희의 눈물에 젖어 그녀의 손에 입을 맞추었어. 그러고는 다시 그 눈을 바라보았지 ― 오오, 고귀한 시인이여! 이 눈망울 속에 담긴 그대에의 존경을 굽어살피신다면! 나는 이제 너무나도 자주 사람들 입에 오르내리는 그대의 이름을 로테 이외의 다른 누가 부르는 걸 절대로 듣고 싶지 않소.

6월 19일

전번에 어디까지 이야기했는지 기억이 안 나는군. 침대에 들어간 게 밤 2시였다는 것은 기억나는데. 그때 편지를 쓰는 대신 자네를 앞에 두고 이야기를 할 수 있었더라면 아마 날이 샐 때까지 자네를 붙들고 있었을 거야.

무도회에서 돌아오는 도중에 마차에서 일어난 일은 아직 이야기하지 않았는데 오늘도 잘 써질 것 같지가 않네.

---

* Friedrich Klopstock, 1724~1803. 자연, 사랑, 우정을 노래한 독일의 시인

참으로 황홀한 해돋이 광경이었네. 이슬 맺힌 숲, 그리고 주위의 찬란함! 동행하는 여자들은 졸고 있었어.

"졸리지 않으세요?"

로테는 이렇게 물어보고 나서 "제 걱정은 마시고 좋으실 대로 하세요"라고 말했다네.

"당신이 눈을 뜨고 있는 동안은……."

이렇게 말하고 나는 그녀를 가만히 바라보았지.

"제가 잠들 걱정은 없습니다."

그렇게 우리는 그녀의 집 문 앞까지 자지 않고 왔네. 하녀가 조용히 문을 열고, 로테의 물음에 아버님도 아이들도 별일 없고 아직 모두들 주무시고 있다고 말했네. 거기서 나는 작별을 고하며 그날 중으로 다시 한번 만나고 싶다고 청했지. 로테는 허락해주었어. 나는 돌아왔네. 그때부터 해도, 달도, 별도 아무 일 없이 그 운행을 계속하고 있는데도 나는 밤인지 낮인지조차 모른다네. 나를 둘러싼 온 세계는 소멸했어.

6월 21일

나는 하느님이 성자들을 위해 마련해둔 것 같은 행복한 나날을 보내고 있네. 앞으로 내가 어떻게 되든 나는 기쁨을, 인생의 가장 순수한 기쁨을 맛보았다고 자신하네. 자네는 나의 바르하임을 알고 있겠지. 나는 그곳에 완전히 뿌리를 박았다네. 거기서 로테의 집까지는 불과 반 시간 거리. 그곳에 있으면 나는 살아가는 보람과 인간에게 주어진 모든 행복을 느낀다네.

바르하임을 산책의 목적지로 골랐을 때 그곳이 이토록 천국에 가까우리라고는 생각조차 못 하였네! 지금은 나의 모든 소망의 안식처인 저 수렵관을 먼 산책의 길목에서, 혹은 산에서, 평지에서 강 건너로 몇 번이나 바라보았던가!

빌헬름이여, 나는 온갖 것을 다 생각했어. 나 자신을 확장하고 새로운 발견을 하며, 이리저리 멀리 헤매다니려 하는 인간에 대해서. 또 스스로 제약과 속박에 복종하여 습관의 궤도를 따라서 돌며 절대 한눈을 팔지 않겠다는 내적인 충동에 대해서도.

이상한 일이야. 이곳에 와서 언덕 위로부터 아름다운 계곡을 내려다보았을 때 주위의 전부가 내 마음을 끌어당겼네 ― 저쪽의 작은 숲! ― 아아, 저 숲 그늘에 몸을 감출 수만 있다면! ― 저 산꼭대기! ― 아아, 저곳에서 멀리 이 근처 일대를 한눈에 바라볼 수만 있다면! ― 사슬처럼 이어진 언덕들, 그리운 골짜기들! ― 오오, 그 속에 몸을 빠뜨릴 수만 있다면! 나는 서둘러 떠나갔다가 다시 돌아왔네. 바라던 것이 발견되지 않았던 거야. 아아, 먼 저쪽은 미래와 같은 것! 어렴풋하고 크나큰 전체가 내 영혼 앞에 가로누워 있네. 우리의 감각도 우리의 시선도 그 속으로 녹아서 사라진다네. 그리하여 우리는 아아, 우리의 모든 존재를 내던지고, 유일하고 위대하며 장려한 감정의 기쁨으로 채워질 것을 기원하지. 그렇지만 아아, 재빨리 뛰어가 보면 저곳은 이곳이 되고 모든 것은 전과 마찬가지가 되는 걸세. 우리는 여전히 가난하고 답답한 세계에 살고 있다네. 우리의 영혼은 넘쳐흐르는 청량(淸凉)의 샘을 찾아서 헤맨다는 말일세.

그리하여 정처 없는 방랑자도 끝내는 다시 모국을 그리워하며 자기의 조촐한 오두막집에서, 자기 아내의 가슴에서, 자식들의 어리광 속에서, 그들을 부양하기 위한 번잡함 속에서, 헛되이 먼 세계에서 추구한 기쁨을 찾아내는 거지.

아침 일찌감치 일출과 함께 집을 나와 바르하임으로 가서 그곳 주점의 채소밭에서 완두콩을 따고, 그러고는 앉아서 깍지의 심줄을 뽑으며 우리의 호메로스를 읽는다네. 자그마한 부엌에서 냄비를 골라 단지에서 덜어낸 버터와 완두콩을 넣고 불에 올려놓지. 그 앞에 앉아서 때때로 콩을 저어 흔들어준다네. 그때 나는 저 페넬로페*의 거만한 구혼자들이 소와 돼지를 잡아서 불에 구웠던 정경을 생생하게 느끼네. 아득한 족장시대의 생활만큼 조용하고 소박한 감정으로 나의 마음을 채워주는 건 없네. 다행스럽게도 나는 지금 그것을 아무 과장 없이 내 생활 속에 엮어 넣을 수가 있지.

자기가 가꾼 양배추를 식탁에 올리고 그걸 맛볼 수 있는, 그리고 그와 동시에 배추를 심었던 아름다운 아침, 물을 뿌려가며 나날이 커가는 걸 기뻐했던 저녁, 이 모든 것을 다시 맛볼 수 있는 사람의 그 순박하고 가식 없는 기쁨을 나는 내 가슴속에서 느낄 수 있네.

6월 29일

그저께 이 거리의 의사가 법무관한테 찾아왔어. 마침 나는 로테

---

* 오디세우스의 아내로 남편의 부재 중 많은 구혼자를 물리치고 정절을 지켰다.

네 아이들과 땅바닥에서 놀고 있었네. 내 등에 기어오르는 아이도 있고 나를 놀려대는 아이도 있었지. 나도 그들을 간질이면서 소란을 피우고 있었네.

그 의사는 매우 독단적이고 완고한 사람으로, 이야기를 하면서 커프스에 주름을 잡기도 하고 목의 장식을 끝없이 잡아당기기도 했는데, 내 행동을 신사가 할 일이 아니라고 생각했던 것 같네. 그의 코끝 움직임으로 그것을 짐작할 수 있었지. 그러나 나는 일절 상관하지 않고 그럴듯한 논의는 그에게 맡겨둔 채 아이들이 허물어뜨린 카드의 집을 고쳐주었어. 과연 의사는 그 후에 온 거리를 돌아다니면서 법무관의 아이들은 그 전부터 상당히 행실이 좋지 않았는데 베르테르라는 녀석이 완전히 망쳐놓았다고 소문을 냈다네.

그렇다, 빌헬름이여, 아이들만큼 내 마음에 가까운 건 이 세상에 없네. 아이들을 보고 있으면 이 사소한 존재 속에서 언젠가는 그들이 필요로 하게 될 온갖 미덕과 모든 힘이 자라고 있음을 볼 수 있지. 고집 속에는 장래의 흔들리지 않는 성격이, 장난 가운데에는 세상의 풍파를 헤쳐 나가는 유쾌한 감정과 느긋한 성품이 엿보인다네. 더욱이 모두가 조금도 손상되지 않은 완벽한 거지! 이걸 보면 언제나 나는 저 인류의 스승 예수 그리스도의 존귀한 말을 되새기게 돼.

"너희가 돌이켜 어린아이들과 같이 되지 아니하면!"*

그러나 벗이여, 우리와 같은 사람이며, 우리의 모범으로 간주해야 할 아이들을 우리는 하인처럼 부리고 있네. 너희들은 의지를 가

---

* 〈마태복음〉 18장 3절

져서는 안 된다! 따위로 말하는 거지. 그러나 우리는 의지가 있지 않은가? 또 그런 말을 할 특권은 도대체 어디에 있단 말인가? 우리가 나이가 많고 보다 현명하기 때문인가? 하느님 아버지시여, 당신의 눈에는 늙은 아이와 어린아이가 있을 따름이지요. 오직 그것뿐, 당신이 그 어느 쪽을 기꺼워하시는지, 그것은 당신의 그리스도가 먼 옛날에 말씀하셨습니다. 그런데 사람들은 그리스도를 믿으면서도 그 말씀에는 귀를 막는다네 ─ 이것도 예로부터의 일이야! ─ 그리하여 자기의 아들을 자기와 닮게 키우고 싶어 하지. 그리고…… 잘 있게, 빌헬름! 이제 더 이상 장황하게 늘어놓지 않겠네.

7월 1일

환자들에게 로테가 얼마나 고마운 존재인가를 나는 잘 알고 있네. 내 마음은 병상에서 시들어가는 사람들의 마음보다도 더 나쁜 상태에 놓여 있기 때문에. 로테는 며칠 동안 시내의 어느 덕망 있는 부인 곁에서 지내게 되었네. 그 부인은 의사들이 진단하기를 죽음이 가까웠는데 세상에서 마지막 소원으로 잠깐 동안 로테를 곁에 두길 원했네.

지난 주일에 나는 로테와 함께 성(聖)××마을의 목사를 방문했네. 한 시간쯤 옆길로 들어가는 산속의 작은 마을이었지. 거기에 도착한 것은 4시경이었네. 로테는 둘째 여동생을 데리고 갔어. 두 그루의 높은 호두나무에 뒤덮인 목사관의 뜰에 들어서자, 인품이 좋아 보이는 늙은 목사는 문 앞의 벤치에 앉아 있다가 다시 살아난 듯 생기를 찾아서 지팡이를 짚는 것도 잊고 로테를 맞으러 일어서려고 하더군. 로테는 달려가서 노인을 억지로 앉히고 자기도 그 옆에 앉아서 아버지의 간곡한 안부를 전하고 늘그막에 생긴 목사의 귀염둥이인 지저분한 막내아이를 껴안았어.

늙은 목사를 위로하는 로테의 모습을 자네한테 보여주고 싶네. 그녀는 먼 귀에 잘 들리도록 목소리를 높여서 뜻밖에도 세상을 떠난 젊고 건강한 사람들의 이야기며, 칼스바트의 온천이 효험이 있다는 이야기로부터 내년 여름 그곳으로 가겠다는 노인의 결심을 칭찬하고 얼굴빛도 훨씬 좋아졌으며 지난번보다 훨씬 건강해 보인다고 말했네. 그동안에 나는 목사 부인에게 인사를 했지. 늙은 목사는 완전히 명랑해졌어. 그리고 내가 우리들 위에 기분 좋은 그림자를 펴고 있는 아름다운 호두나무를 보고 칭찬하자, 상당히 괴로운 듯했지만 그 나무의 유래를 이야기하기 시작했네.

"오래된 나무는 누가 심은 건지 잘 모르겠어. 이 목사님이라고 말하는 사람이 있는가 하면, 저 목사님이라고 말하는 사람도 있어서 말이야. 그러나 저 안쪽에 있는 나무는 내 아내와 같은 나이로 시월이면 쉰 살이 되지. 아내의 아버지가 아침에 저것을 심어놓자 그날 밤에 아내가 태어났다는 거야. 아내의 아버지가 나의 전임자였는데, 저 나무를 참으로 사랑했었지. 물론 그 점에서는 나도 지지 않지만 말이야. 27년 전 내가 아직 가난한 신학생이었을 때, 처음으로 이 안뜰에 들어와서 본 것이 저 나무 밑의 재목더미에 걸터앉아 뜨개질하고 있는 내 아내였지."

로테는 그의 딸 소식을 물었어. 딸은 슈미트 씨와 같이 목장에서 일하고 있는 사람들한테 갔다고 하더군. 노인은 이야기를 계속했어. 전임자의 총애를 받고 게다가 딸의 사랑도 차지하여 처음에는 부목사가 되고 이윽고 그 뒤를 이어 목사가 되었다는 이야기였네. 이야기가 끝나자마자 슈미트 씨라는 사람이 목사의 딸과 함께 뜰로 들어왔어. 그녀는 로테를 마음으로부터 친절하게 맞이했어. 솔직히 말해 그 여자의 인상은 나쁘지 않았네. 활달하고 발육이 좋은 흑갈색 머리의 여자로 잠시 동안이라면 시골에서 같이 지내더라도 재미있을 것 같은 상대였지. 그녀의 애인(이라는 것은 슈미트 씨의 행동으로 당장 알 수 있었다)은 말쑥하고 조용한 사람이었는데 로테가 아무리 말상대로 끌어들이려고 해도 우리 이야기 속에 끼어들지 않았네.

내가 슈미트 씨에게 가장 걱정이 된 건 자기 의견을 남에게 말하지 못하는 것이 머리가 나빠서가 아니라 오히려 타고난 고집과 어두운 기질이 만든 우울증 때문이 아닌가 하는 점이었네. 그의 표정에서 알 수 있었던 이 사실은 유감스럽게도 시간이 지나자 매우 뚜렷해졌네. 왜냐하면 함께 산책을 하는 동안 때로는 프리데리케가 로테와 함께 걷기도 하고 또 나와 나란히 걷기도 했는데, 그럴 때면 그렇지 않아도 까무잡잡한 그 사람의 얼굴빛이 눈에 띄게 어두워졌기 때문이네. 보다 못한 로테는 나의 소매를 끌어당기면서 프리데리케한테 지나치게 친절히 대한다고 살짝 주의를 주었어. 인간이 서로 괴롭히는 것보다 싫은 일은 없지. 특히 젊은 인생의 꽃다운 시절, 모든 기쁨을 마음껏 흡수할 수 있는 시절의 짧고 즐거운 날을 서로 퉁명스런 표정으로 허송해버리고 낭비했다는 걸 깨달았을 때는, 이미 엎질러진 물이 되고 마는 게지. 정말이지 참을 수 없는 일이야.

저녁 때 목사관으로 돌아와 같은 테이블에서 우유를 마시는데 우연히 인생의 즐거움과 괴로움에 대한 이야기가 화제가 되었네. 그걸 실마리로 나는 우울증에 대한 맹렬한 공격을 하기 시작했네.

"우리 인간은 곧잘 불평을 늘어놓지요" 하고 나는 말문을 열었어.

"좋은 날은 적고 나쁜 날이 많다는 따위로 말입니다. 그런데 나는 그것이 틀렸다고 생각합니다. 우리가 언제나 마음을 터놓고 하느님께서 우리를 위해 만들어주시는 좋은 일을 맛볼 수 있다면, 설령 불행이 닥쳐오더라도 그것을 견뎌낼 만한 힘은 충분히 있을 겁니다."

"그렇지만 우리 자신의 기분을 자유로이 조정할 수는 없어요. 몸의 상태에 따라 좌우되지요. 몸이 불편하면 아무래도 기분이 밝지 않지요."

목사의 부인이 대답했어.

나는 그것을 인정했지.

"그렇다면 이것을 하나의 병으로 보고 그것에 좋은 약은 무엇인지 알아볼까요?"

"마음가짐에 달려 있다고 생각해요. 저는 스스로 그것을 알고 있어요. 무언가 화나는 일이 있다든가 싫은 일이 있으면 저는 벌떡 일어나 뜰을 왔다 갔다 하면서 대무곡을 두서너 번 노래하지요. 그러면 순식간에 기분이 좋아져요."

로테가 말했네.

"나도 그 말을 하고 싶었어요."

나는 대답했어.

"우울증은 게으름과 똑같습니다. 그것은 일종의 태만이기 때문이지요. 우리는 게으른 마음을 타고났지요. 그러나 일단 분연히 일어서는 힘을 지니게 되면 일도 기분도 시원시원해져서 일하는 것이 참으로 즐거워지지요."

프리데리케는 귀를 기울이며 듣고 있었어. 그러나 그 젊은 슈미트 씨는 인간이란 자제할 수 없는 존재이며, 더구나 자기의 감정을 제어한다는 건 힘든 일이라고 반론을 폈지.

"지금 문제 삼고 있는 것은 불쾌한 감정 우울증에 대해서입니다" 하고 나는 대답했네.

"누구든 우울증에서 해방되고 싶어 하지만 해보지 않고서는 어느 정도 성사될지 아무도 모르죠. 병을 앓는 사람은 의사란 의사는 다 찾아다니면서, 원하는 건강을 회복하기 위해서 어떠한 괴로운 절제도, 아무리 쓴 약도 거부하지 않지요."

진실한 노인은 우리의 논쟁에 참여하고 싶어 열심히 듣고 있었어. 그걸 알아차리자 나는 목소리를 높여서 말머리를 돌렸지.

"온갖 악덕을 공격하는 설교는 있지만* 불쾌한 감정에 대해 설교하는 건 들은 적이 없는 것 같군요."

"그것은 도시의 목사들이나 하겠지" 하고 그는 말했네.

"농부들에게 불쾌 따위는 없어. 그렇지만 이따금 그것도 나쁘지는 않겠지. 적어도 우리 마나님이나 로테네 법무관 나리에게는 좋은 약이 될 거야."

---

* 라바터(1741~1801년, 스위스의 신학자. 젊은 날에 괴테와 친교가 있었다)의 뛰어난 설교가 있다. 특히 〈요나서〉에 관한 설교가 그렇다. _원주

모두들 와아 하고 웃자 그도 덩달아서 마음속으로부터 웃었는데, 끝내 기침이 발작하여 우리의 논쟁은 잠시 중단되었네. 이윽고 젊은 남자가 다시 말을 꺼냈네.

"당신은 우울증을 하나의 악덕이라고 말했는데, 그것은 너무 지나친 말입니다."

"아니, 절대로요. 자기 자신뿐만 아니라 친밀한 사람까지 언짢게 만드는 일은 악덕이라는 이름으로 불리는 게 당연합니다. 서로 행복하게 해줄 수 없는 것만으로도 끝장이 아닙니까? 더구나 무엇 때문에 남에게, 때로는 자기 자신에게 줄 수 있는 기쁨마저 서로 빼앗아야 할까요? 자기는 우울하지만 그것을 숨기면서 주위의 기쁨을 파괴하지 않고 혼자서 참아내는 그런 훌륭한 사람이 있다면 만나보고 싶군요. 우울증이라는 불쾌는 자기 자신에 대한 불만입니다. 자기혐오지요. 어리석은 허영심과 질투심이 언제나 결합해 있는 거죠. 자기가 행복하게 해준 것도 아닌데, 행복한 인간이 거기에 있다, 참을 수가 없다, 이런 거겠죠."

내가 흥분해서 말하는 걸 보고 로테는 엷은 미소를 지었어. 프리데리케의 눈에 어린 눈물을 보자 나는 다시 말을 이었지.

"누군가의 마음을 지배할 만큼 힘이 있다고 해서, 그 사람 마음속의 소박한 기쁨을 빼앗기 위해 그 힘을 행사한다면 그 사람은 저주를 받아야 합니다! 그러한 폭군의 질투 섞인 심술 때문에 자족하는 한순간의 기쁨을 짓밟히고 말았다면, 이미 어떠한 선물이나 어떠한 호의를 가지고도 돌이킬 수 없는 것이죠."

그 순간 나의 가슴은 찢어지는 듯했어. 흘러간 여러 가지 추억이 영혼 속으로 밀려와서 눈에서는 눈물이 솟아나왔네.

"날마다 자기 자신을 향하여 이런 식으로 말할 수 있는 사람은 없을까요?" 하고 나는 소리쳤어.

"당신이 당신 친구에 대하여 할 수 있는 일은 친구의 기쁨을 보고 당신도 같이 기뻐해주는 것, 그리하여 친구의 행복을 더해주는 것 이외는 없습니다. 만일 친구의 영혼이 불안한 정열 때문에 괴로움을 당하고 슬픔으로 찢기게 되었을 때, 도대체 당신은 한 방울의 진정제라도 친구에게 줄 수 있단 말입니까? 인생의 꽃 피는 나날을 당신 때문에 망쳐버린 처녀가 내일을 알 수 없는 무서운 병에 걸려 비참하게 쇠잔해져 병상에 눕고, 텅 빈 눈은 다만 망연하게 허공을 더듬으며, 창백한 이마에서 죽음의 땀이 솟아났다가는 다시 사라집니다. 당신은 저주받은 자처럼 침대 앞에 서서 있는 힘을 다해도 이미 돌이킬 수 없다는 것을 마음 깊이 느끼고 있습니다. 그리하여 만일 눈 앞에서 사라져가는 처녀에게 한 방울의 강장제, 일순간의 생기를 불어넣어 줄 수 있다면 모든 것을 다 바쳐도 후회하지 않을 텐데, 하고 마음속 깊이 불안에 떨고 있습니다. 만일 이 같은 상태에 빠지고 만다면 도대체 당신에게 이렇다 할 방법이 어디 있겠습니까?"

이런 말을 하는 동안에 일찍이 내가 자리를 같이했던 어떤 정경에 대한 추억이 격심하게 나를 엄습하더군. 나는 손수건을 눈에 대고 자리를 떴네. 그리고 "돌아가요" 하는 로테의 목소리에 간신히 정신을 차렸어. 돌아오는 도중에 나는 그녀로부터 대단한 책망을 받았네.

"당신은 무슨 일에나 너무 지나치게 열중해요. 그건 자신의 파멸을 초래할지도 모릅니다. 자중하지 않으면 안 돼요!"

오오, 나의 천사여! 너를 위해 나는 살아가지 않으면 안 된다오!

7월 6일

로테는 여전히 그 위독한 부인에게 붙어 있네. 언제나 변함없이 침착하고 언제나 상냥한 그녀의 시선을 받으면 사람들은 고통을 잊고 행복을 느껴. 그녀는 어젯밤에 마리아네와 말헨을 데리고 산책하러 나갔네. 나는 미리 알고 나가서 동행했지. 한 시간 반쯤 걷고 나서 시내로 돌아와 샘물이 있는 곳까지 왔어. 나의 소중한 샘, 그게 지금은 천 배나 더 존귀한 것이 되었네. 로테는 낮은 돌담에 앉고 나는 그 앞에 섰어. 나는 주위를 둘러보았지. 아아, 내 마음이 외로웠던 그 무렵의 일이 생생하게 되살아났네.

"그리운 샘물이여!"

나는 말했네.

"그때 이후 나는 네 서늘함에서 안식을 찾지 않았다. 종종걸음으로 지나치면서 때로는 거들떠보지 않은 일도 있었고."

내려다보니까 말헨이 컵에 물을 떠서 열심히 돌계단을 올라오는 참이었네. 나는 로테를 보았지. 그리고 그녀가 내게 얼마나 소중한 사람인가를 절실하게 느꼈네. 말헨이 컵을 들고 옆으로 오자 마리아네가 그것을 빼앗으려고 했어.

"안 돼!"

말헨은 어리광이 가득한 목소리로 외쳤지.

"안 돼, 로테 언니가 제일 먼저 마시는 거야."

이렇게 외친 소녀의 진실함, 그 상냥함에 나는 황홀해져서 나도 모르게 그 아이를 안아 올려서 격렬하게 키스했어. 그렇게 하는 것 외에는 그 기분을 나타낼 도리가 없었네. 그러나 말헨은 갑자기 소리를 내어 울기 시작했어.

"못써요."

로테는 말했어. 나는 어쩔 줄을 몰라 했지.

"이리 와, 말헨."

로테는 말헨의 손을 잡고 계단을 내려가면서 말했네.

"자, 깨끗한 샘에서 빨리 씻어라. 빨리. 그러면 아무렇지도 않게 된단다."

나는 그곳에 선 채로 바라보았어. 소녀는 물 묻은 손으로 열심히 볼을 문지르고 있었네. 이 기적의 샘물에 닦으면 모든 더러움은 씻기고 보기 흉한 수염이 돋아나지 않는다고 굳게 믿고 있기 때문이었네. "이제 됐어요" 하고 로테가 말해도 말헨은 계속 열심히 씻어 내더군. 여러 번 씻는 편이 더 효험이 있다는 듯이. 빌헬름이여! 자네한테 말하지만, 나는 이토록 깊은 외경(畏敬)의 정을 가지고 세례식에 참석한 일이 없네. 로테가 계단을 올라왔을 때, 국민의 죄를 깨끗이 씻어내린 예언자에게 하듯이 그녀 앞에 꿇어 엎드리고 싶었다네.

그날 밤 나는 내 마음의 기쁨을 억누를 수 없어서 이 일을 어떤 남자에게 이야기했어. 이 남자는 분별이 있는 사람이므로 인간미가 있을 것으로 생각했지. 그런데 이게 웬일인가! 그 남자는 이렇게 말했어.

"로테가 잘못한 걸세. 아이에게 거짓말을 가르쳐서는 안 되지. 그런 일이 온갖 착오와 미신의 계기가 된다네. 일찍부터 아이를 그러한 것으로부터 지켜주지 않으면 안 돼."

그때 생각이 났어. 그 남자는 한 주 전에 세례를 받았거든. 그래서 나는 묵묵히 그의 말을 귀 밖으로 듣고 마음속으로는 이렇게 믿어 의심하지 않았네. 즉 하느님께서 우리에게 해주시듯이 아이들에게도 그렇게 해주지 않으면 안 된다고. 하느님께서 우리를 기분 좋은 꿈속을 헤매게 했을 때 우리는 더없는 행복을 느끼는 거라고 말일세.

7월 8일

얼마나 어린애 같은 심정일까! 이렇게도 그녀의 눈길이 그립다니! 참으로 어린애로구나! ― 우리는 바르하임으로 갔어. 여자들은 마차로 갔지. 산책하는 동안 나는 기분 탓인지 로테의 검은 눈동자 속에. 나는 어리석군! 용서하게. 그렇지만 그녀를 자네한테 보여주고 싶다네. 그 눈동자에 관하여 간단하게 쓰겠네(졸려서 눈꺼풀이 내려올 것 같아). 보게, 여자들이 탔을 때 마차 주위에는 젊은 W와 젤시타트, 아우드란, 그리고 내가 서 있었네. 물론 모두들 태평스럽고 쾌활한 사람들이었으므로 마차 문 너머로 이야기를 주고받고 있었네. 나는 로테의 눈빛을 찾았지. 아아, 그녀의 시선은 다른 사람으로부터 또 다른 사람으로 옮겨갔지만 그러나 내게는, 내게는! 내게는!

끝내 돌아오지 않았네. 나는 포기하고 혼자 서 있었지. 나는 마음속으로 로테에게 몇 번씩이나 "잘 가요"를 되풀이했다네. 그런데도 그녀는 나를 쳐다보지 않았어! 마차는 달려가버렸어. 내 눈에 눈물이 고였지. 나는 그녀를 배웅하고 있었네. 마차 문에 로테의 머리 장식이 나와 있는 것이 보였네. 그녀는 이쪽을 뒤돌아보았어. 아아, 내가 있는 쪽을. 벗이여, 나는 그 점을 알 수 없네. 나는 불안 속을 헤매고 있어. 이것이 나의 위안이지. 로테는 틀림없이 뒤돌아서 나를 본 거야! 틀림없이! 잘 자게. 오오, 나는 참으로 어린애로군!

7월 10일

모두들 모여 있는 곳에서 로테 이야기가 나오면 내가 얼마나 어리석은 꼴을 하는지 자네한테 보이고 싶을 정도야! 더욱이 그녀가 마음에 들었느냐는 따위를 물을 때는 말이지. 마음에 들다니! 죽기보다 싫은 말이군. 로테를 좋아하며 모든 감각과 감정이 가득 차지 않는 녀석은 이 세상에 존재하지 않을 걸세! 마음에 들다니! 최근에 어떤 남자가 내게 물었었지, "오시안*이 마음에 들었습니까?" 하고.

7월 11일

M 부인의 상태는 매우 나쁘다네. 나는 제발 살아나라고 기도하

---

* Ossian. 3세기경 아일랜드의 전설적 영웅이며 시인

고 있어. 나도 로테도 다 같이 고통을 참아내고 있으니 말이야. 여자 친구들 집에서 로테를 만나는 일은 별로 없는데, 그녀는 오늘 놀랄 만한 이야기를 해주었네. M 노인은 인색하고 난폭한 시골뜨기로 살아오는 동안 아내를 혹독하게 괴롭히고 매우 쪼들리는 생활을 하게 했네. 부인은 참아가며 간신히 살림을 꾸려나갔고, 며칠 전 마침내 의사가 포기를 하자 그녀는 남편을 오게 해서(로테도 그 방에 있었다고 한다) 이렇게 말했지.

"당신한테 고백할 일이 있습니다. 죽은 뒤에 언짢은 시빗거리가 생기면 곤란하니까요. 나는 지금까지 될 수 있는 대로 절약하고 절약해서 가계를 꾸려왔습니다. 그러나 실은 30년 동안 당신을 속여 왔답니다. 결혼 초에 당신은 일용품이나 기타 집안 살림의 경비로 얼마 안 되는 액수를 정해주었지요. 살림이 커지고 장사가 번창해도 생활비를 늘리는 것은 절대로 허락해주지 않았습니다. 알다시피 살림 규모가 매우 커졌을 때에도 매주 7굴덴으로 꾸려가라고 명령했습니다. 이 정해진 돈은 물론 그대로 받았지만 그 부족분은 매주 매상 속에서 빼냈습니다. 한 집안의 주부가 계산대에서 돈을 훔쳐낸다고는 아무도 상상조차 하지 않았을 겁니다. 나는 한 푼도 허투루 쓰지 않았습니다. 일부러 이렇게 고백하지 않아도 마음 편히 저승에 갈 수 있지만, 만일 내 뒤를 이어 집안 살림을 돌보는 분이 아무래도 꾸려나갈 수가 없게 될 경우에 당신이 여전히 먼젓번 아내는 그것으로 꾸려나갔다고 고집을 피우면 곤란해질 것 같기에……."

나는 로테와 이야기했다네. 인간의 마음이라는 건 믿을 수 없으리만큼 아무것도 보이지 않을 때가 있는 법이지. 비용이 틀림없이 그 갑절은 될 것이 뻔한데도 7굴덴으로 꾸려나갔다고 한다면 그 배경에는 반드시 무언가가 있다고 일단 의심해보는 게 당연하지. 그러나 나도 알고 있네, 자기한테는 저 예언자*의 바닥나지 않는 기름단지가 있다고 시치미를 떼고 있는 사람들도 있다는 걸.

7월 13일

아니, 결코 내가 잘못 생각한 것이 아니야! 그녀의 검은 눈동자 속에는 나를 향한, 내 운명에 관한 진지한 걱정이 들어 있네. 나는 분명하게 느껴. 이 점에서는 나의 마음을 진실로 믿을 수 있는데, 로테는— 아아, 이런 말로 표현해도 좋을까, 아니 그걸로 충분히 표현할 수 있을까? — 로테는 나를 사랑하고 있어. 나를 사랑하고 있다! — 나라는 존재가 자기 자신에게 얼마나 가치 있는 게 되었는가 — 자네한테라면 이렇게 말해도 좋아. 자네는 이해할 수 있는 사람이니까. 그 사람이 나를 사랑하고부터 나는 나 자신을 숭배하고 있네!

지나친 자만일까, 아니면 틀림없는 사실에서 생겨난 감정일까? 로테의 가슴속에 사는 남성이자 내가 두려워해야 할 사람을 나는 알지 못해. 그런데도 그녀가 약혼자에 대해서 따뜻함과 애정을 가지고 말할 때는, 나는 명예와 지위를 모조리 빼앗기고 대검(帶劍)마저 빼앗긴 사람 같다는 생각이 든다네.

---

* 〈열왕기상〉 18장 10~16절에 나오는 엘리야를 가리킨다.

7월 16일

내 손가락이 어쩌다가 그녀의 손가락에 닿을 때, 두 사람의 발이 식탁 밑에서 스칠 때, 온몸의 피가 들끓는다네. 불에 닿은 것처럼 나는 몸을 빼지만 은근한 힘이 다시 나를 앞으로 몰아내지 — 나는 미치고 말 것 같아. 오오, 더욱이 그녀의 순진함과 그녀의 솔직함은 이러한 친숙함의 표현이 얼마나 나를 괴롭히는지 알지 못해. 게다가 이야기를 주고받고 있을 때 그 손을 내 손 위에 포개기도 하고 이야기에 열중하여 나에게 몸을 바싹 붙여서 그 입의 황홀한 숨결이 나의 입술에 닿기도 할 때, 나는 벼락을 맞은 듯 쓰러져버릴 것만 같네. 그리하여 언제인가 반드시 이 나의 천국을, 이 신뢰를 — 자네는 알아줄 걸세. 아니, 내 마음은 그토록 타락해 있지 않아! 약한 것이네! 참으로 약한 거야! 이게 결과적으로 타락이 아닐까?

그녀는 내게 신성(神聖)해. 그녀 앞에 서면 모든 욕망은 침묵하지. 그녀 옆에 있으면 내 기분이 어떠한지 나 자신도 모른다네. 온몸의 신경 속에서 영혼이 역류하는 것 같아. 로테는 자신의 멜로디를 가지고 있어. 그걸 피아노로, 천사와 같은 힘으로 연주한다네. 소박하게 정성을 다하여! 그녀가 가장 좋아하는 노래. 그 첫 부분을 듣는 것만으로도 나는 모든 고통, 혼란, 망상에서 벗어나지.

오랜 옛날 음악의 마력에 대해서 하는 말들이 모두 다 이해가 된다네. 그 단순한 노래가 어떻게 하여 이렇듯 내 가슴을 치는 것일까! 그녀는 내가 내 이마에 총알을 한 방 쏘고 싶다고 생각할 때 그 노래를 곧잘 연주한다네! 그러면 내 영혼의 암흑을 헤매던 방황은 사라지고 나는 또다시 자유롭게 숨 쉬게 된다네.

7월 18일

빌헬름이여, 사랑이라는 게 없다면 이 세상은 우리들의 마음에서 도대체 무엇일까! 불빛 없는 환등(幻燈)은 도대체 무엇일까! 속에 자그마한 램프를 넣자마자 하얀 벽에 가지각색의 영상이 나타나지 않는가! 그게 단지 그걸로 그치는, 일시적인 환영(幻影)에 지나지 않는다고 하더라도 여전히 우리를 행복하게 해주지. 우리는 순진한 소년처럼 그 앞에 서서 마법에 걸린 듯 바라보지. 오늘 나는 로테한테 갈 수 없었네. 부득이한 회합에 붙잡혔거든. 그래서 어떻게 했는지 아는가? 하인을 보냈네. 오늘 그녀 곁에 갔다 온 사람을 내 주위에 둘 수 있다는, 단지 그걸 위해서. 그가 돌아오기를 얼마나 기다렸던가. 그리고 돌아왔을 때의 그 기쁨! 부끄럽지만 않다면 그의 머리를 껴안고 키스하고 싶을 정도였다네.

보노나의 돌이라는 게 있어. 햇빛 아래 두면 광선을 흡수해서 밤에도 얼마 동안은 빛난다고 하는군. 하인도 내게는 그러한 거였네. 로테의 눈길이 그의 얼굴에, 그의 볼에, 그의 윗도리 단추에, 외투깃에 쏠려 있었다고 생각되자, 이들 모두가 매우 신성하고 존귀하게 생각되었어. 그때는 1천 타렐을 준다 해도 이 젊은이를 남에게 내어주지 않았을 걸세. 그 앞에 있으면 나는 매우 행복했어. 제발 웃지 말게. 빌헬름이여, 행복이라는 건 환영일까?

7월 19일

"그녀를 만나자!"

아침에 일어나서 화사하고 아름다운 태양을 우러러보며 나는 소리친다네.

"그녀를 만나자!"

그러고 나면 나는 온종일 그거 말고는 아무런 소망도 갖지 않는단 말일세. 모든 게 단 하나의 소망 속에 삼켜지고 말지.

7월 20일

공사(公使)와 함께 ××로 부임해버리는 편이 낫겠다는 자네의 생각에는 승복할 수가 없네. 남의 밑에 있다는 게 별로 마음에 들지 않고, 더군다나 그 남자가 고약한 녀석이라는 건 모두가 다 아는 사실이야. 내가 세상에 나가서 일하는 걸 어머니가 원하고 있다고 자네는 말하지만, 그 말은 우습네. 나는 지금도 일을 하고 있지 않은가! 완두콩을 세건, 강낭콩을 세건 결국 한 가지가 아닌가? 세상사란 이거나 저거나 귀착하는 곳은 똑같이 형편없는 곳이야. 자기 정열도 아니고, 자기 욕구도 아니면서 오직 남을 위하여 돈이라든가 명예, 기타 온갖 것을 위해 일하는 인간은 어쨌든 바보임이 틀림없단 말이야.

7월 24일

그림 그리기를 게을리하지 말라고 자네가 늘 신경 쓰기 때문에 말하고 싶지 않지만, 솔직히 털어놓으면 그 이후로는 전혀 그림에

손도 대지 않고 있네.

    나는 지금만큼 행복했던 적도 없었고, 작은 돌멩이 작은 풀포기 하나에 이르기까지 자연 전체에 대한 나의 감정이 이처럼 풍요하고 절실했던 적도 없었어. 그렇지만 어떻게 형상화할 것인지 나는 모르겠네. 내 표현력은 약하고 모든 것은 모호하게 떠돌며 뒤흔들려서 윤곽을 잡을 수가 없어. 그래도 진흙이나 밀랍을 가지고 있다면 무엇이든 빚어낼 수 있을 것 같은 생각이 드네. 이런 상태가 더 계속된다면 나는 진흙을 손에 쥘 거야. 설령 과자가 되고 만다고 해도 말일세!

    세 번 다 로테의 초상을 그리는 데 실패했어. 얼마 전까지만 해도 제법 잘 되어갔던 만큼 더욱 화가 치미는군. 결국 나는 그녀의 실루엣을 그렸고, 이걸로 만족하기로 했네.

7월 25일

    잘 알았어요, 사랑하는 로테. 분부하신 일은 틀림없도록 조처하겠습니다. 더 많이, 더 자주, 분부해주십시오. 단, 한 가지 부탁이 있습니다. 앞으로 내게 보내는 편지에는 흡수용 모래를 뿌리지 말아주십시오. 봉투를 뜯자마자 입술을 갖다 댔는데 입안에 모래가 질근질근 씹혔습니다.

7월 26일

그녀를 너무 자주 만나지 않겠다고 벌써 여러 번 결심했네. 그러나 누가 그것을 지킬 수 있겠는가! 날이 밝을 때마다 유혹을 이기지 못하고, 또 내일만은 안 가겠다고 맹세하지. 그러나 그 내일이 오면 역시 또 피치 못할 이유를 만들어내서 나도 모르게 그녀 곁에 가 있는다네. 밤에 그녀가 "내일 와주시겠지요?" 하고 말한다면, 누가 가지 않고 배길 수 있을까? 혹은 그녀의 부탁을 받았다고 하자. 그러면 나는 내가 회답을 가지고 가는 것이 예의라고 생각하네. 또 날씨가 참으로 좋은 날 바르하임에 갔다고 하자. 거기까지 가면 그녀 있는 곳까지 겨우 반 시간! 그녀의 지배권에 너무 가까이 가 있다고 생각하는 순간 벌써 나는 그곳까지 가 있지. 내 할머니는 자석산(磁石山)에 대한 옛날이야기를 들려주셨어. 배가 너무 산 가까이에 가면 대번에 쇠붙이가 다 빠져 달아나고 못은 산 쪽으로 날아가서 가엾게도 선원들은 허물어지는 선체에 파묻혀 저승으로 간다는 이야기.

7월 30일

알베르트가 도착했어. 나는 떠나야겠네. 만일 그가 월등하게 우아하고 가장 고귀한 인간으로 어느 모로 보나 나보다 뛰어나다고 한다면, 그 같은 완전성을 지니고 있는 사람을 눈앞에서 대한다는 것은 참을 수 없는 일일 거야. 소유! 어찌 되었든 빌헬름이여, 약혼자가 돌아온 것이네. 누구라도 호의를 갖지 않을 수 없는 훌륭하고 멋진 남자지. 다행스럽게도 그를 맞이하는 자리에 나는 없었네! 만일 그 자리에 있었더라면 가슴이 찢어지고 말았을 테지. 더욱이 그는 매우 예의 바른 사람이므로 남 앞에서는 아직 한 번도 로테에게 키스한 일이 없네. 이 점은 하느님께서도 그를 칭찬해주기를 바라네! 그는 로테를 존중하기 때문에 나도 그를 사랑하지 않을 수 없다네. 그는 나에게 호의적인데, 이는 짐작건대 그 자신의 기분이라기보다는 로테 때문이겠지. 이런 건 여자들이 빈틈없이 잘하니까. 두 숭배자를 서로 사이좋게 해둘 수가 있으면 득을 보는 쪽은 언제나 여자지. 하기야 그리 흔한 일은 아니지만.

아무튼 나는 알베르트에게 경의를 표하지 않을 수 없네. 그의 침착한 태도는 어쩔 수 없는 나의 불안정한 성격과 매우 뚜렷이 대조되지. 그는 풍부한 감정의 소유자로 로테의 몸에 갖추어진 미덕을 알고 있어. 게다가 불쾌해하는 경우도 별로 없을 것 같네. 자네도 알고 있겠지만 이 불쾌라는 것은 악덕이야. 인간의 악덕 중 어느 것보다도 나는 불쾌가 싫다네.

그는 나를 이해가 빠른 인간이라고 생각하고 있어. 내가 로테에게 끌려서 그녀의 모든 행동에 진정한 기쁨을 느끼고 있다는 건 그의 승리감을 고조시키고, 그만큼 그는 점점 더 그녀를 사랑하는 거지. 때로는 사소한 질투로 그녀를 괴롭히는 일은 없는지. 이 점에 대해서는 말하지 않겠네. 적어도 내가 그였더라면 이 질투라는 악마에게 전혀 안전하다고는 할 수 없을 걸세.

그건 그렇다 하고, 로테 곁에 있는 나의 즐거움도 끝났네. 어리석음이라고 불러야 할까, 현혹이라고 불러야 할까? 아니, 이름 따위는 필요하지 않다. 사실 자체가 말해주고 있지 않은가! 하지만 지금 내가 알고 있는 건 알베르트가 오기 전부터 다 알고 있었던 일이야. 그녀에게 지나친 마음을 가져서는 안 된다는 걸 알고 있었고, 사실상 가지지도 않았네. 그토록 사랑스러운 사람 곁에 있으면서 소망하지 않을 수 있는 한에서 말이네. 그런데 지금 나의 경쟁자가 나타나서 여자를 빼앗기고 마는 단계가 되자, 어리석게도 나는 눈이 휘둥그레지고 있는 형편이야.

나는 이를 갈면서 자신의 비참함을 조소한다네. 만일 나에게 단념하라, 실제로 그렇게밖에 할 수 없지 않느냐고 말하는 사람들이 있다면, 그런 녀석에게 두 배, 세 배로 욕을 퍼부어주겠네 — 제발 이런 멍청이들은 내쫓아주세요! — 나는 숲속을 달리지. 그러나 그곳 자그마한 뜰의 벤치에 알베르트와 로테가 나란히 앉아 있는 걸 보고는 그 이상 어떻게 할 수도 없다네. 그래서 나는 공연히 떠들썩하게 굴면서 우스운 흉내도 내고 미친 사람 같은 행동도 해 보이네.

"제발"

로테는 오늘 나에게 말했어.

"어젯밤 같은 행동은 하지 말아주세요. 너무 명랑하시니 오히려 무서워요."

자네한테만 이야기하자면, 나는 알베르트가 볼일이 생길 때를 노리고 있다가 기회가 오기만 하면 달려간다네. 그리고 로테가 혼자 있는 걸 보면 나는 언제나 기분이 좋아지네.

8월 8일

정말이야, 빌헬름. 절대로 자네를 두고 한 말이 아니네. 나는 피할 수 없는 운명에 따를 것을 우리들한테 요구하는 인간은 참을 수가 없다고 말했지만, 자네가 같은 의견이리라고는 정말 생각조차 해보지 않았다네. 근본적으로는 자네 말이 옳지만, 그러나 단 한 가지, 이것만은 말해두고 싶다네. 세상에는 '이것이냐 저것이냐'로 결말이 나는 일은 별로 흔하지 않아. 감정과 행위 사이에는 매부리코와 주먹코 사이의 뉘앙스와 같은 정도의 갖가지 농담(濃淡)의 차이가 있지.

그러므로 내가 일단 자네의 의견 전부를 인정하고, 그러면서도 이 '이것이냐 저것이냐' 사이를 빠져나가려고 하더라도 나쁘게 받아들이지는 말게.

자네 말은 내가 로테를 원하고 있다면 어디까지라도 뒤따라가서 소망을 이루도록 노력하고, 그렇지 않으면 용기를 내어서 나의 온 정력을 소모하겠다는 그 비참한 감정에서 도망치도록 노력하라는 거야. 벗이여, 과연 지당한 말이야. 언제나 그렇지만 말만으로는 쉽지.

서서히 병세가 악화해가는 잠행성(潛行性) 질환에 걸려 이제 죽음만을 기다리는 불행한 사람이 있네. 이런 사람에게 자네는 차라리 단도로 푹 찔러 고통에 막을 내리라고 요구할 수 있는가? 그의 정력을 모조리 소모하는 병이 동시에 그 병에서 빠져나오려고 하는 용기를 빼앗고 있는 건 아닐까?

하기야 자네는 이와 비슷한 비유로 나에게 대답할는지도 모르지.

반신반의하면서 목숨을 걸기보다는 오히려 팔 하나쯤 잘라버리는 것이 낫지 않을 것인가, 하고. 나도 모르겠네! 비유로 대결하는 건 집어치우세. 아무튼 빌헬름이여. 내게도 결단을 내려서 떨쳐버리려고 하는 용기가 솟는 순간이 없는 건 아니네. 그럴 때 어디로 가야 할지 알기만 한다면 나는 꼭 거기로 갈 것이네.

밤

오랫동안 쓰지 않고 있던 일기를 오늘 다시 손에 들고 놀랐네. 스스로 잘 알고 있으면서도 나는 한 걸음 한 걸음 이렇게도 깊숙이 발을 들여놓고 말았구나! 자신의 상태를 언제나 분명하게 보고 있으면서도 어린애 같은 짓을 해왔어. 지금도 분명히 보고 있네. 그러나 나아질 징조는 보이지 않는군.

8월 10일

바보가 아니라면, 나는 가장 행복한 생활을 할 수 있을지도 모르네. 지금의 내 환경보다 더 훌륭한 조건이 갖추어져서 인간의 영혼을 즐겁게 해주는 곳은 별로 없어. 아아, 확실히 그렇다네. 인간을 행복하게 하는 건 오직 우리의 마음이야. 사랑받는 가족이 되어 노인에게는 아들 같은 사랑을 받고, 아이들에게는 아버지처럼, 그리고 로테에게도! 그리고 점잖은 알베르트, 이 사람은 짓궂은 장난으로 나의 행복을 방해하는 일도 없고 진정한 우정으로 나를 감싸며

이 세상에서 로테 다음으로 소중한 사람이라 생각해준다네. 빌헬름, 산책하면서 서로 로테에 대한 이야기를 주고받는 우리 모습을 본다면 자네도 틀림없이 즐거워할 거야. 그럴 때 우리의 관계만큼 아름다운 것은 이 세상에는 없을 거야. 그런데도 그걸 생각하면 이따금 눈물이 솟는다네.

알베르트는 성품이 곧은 로테의 어머니 이야기를 나에게 들려주었네. 그녀는 임종하는 자리에서 집안일이며 아이들 일을 로테에게 부탁하고 나서는 로테를 알베르트에게 맡겼다는 것일세. 그때부터 로테는 새로운 정신을 불어넣은 것처럼 생기 있게 되어 집안일에 신경을 쓰면서 진지한 기분으로 정말 어머니처럼 되었다는군. 잠시도 쉬지 않고 열심히 일하고 애정을 행동으로 나타내면서 그 쾌활함과 밝은 마음을 결코 잃은 적이 없었다고. 이런 이야기를 들으면서 나는 그와 나란히 거닌다네. 그리고 길가의 꽃을 꺾어서는 정성 들여 꽃다발을 만들어 그걸 흘러가는 강물에 던지고 천천히 떠내려가는 모습을 바라보지. 자네한테 써 보냈는지 어쨌는지 잊어버렸지만, 알베르트는 여기서 상당한 보수를 받는 궁정의 관직에 취임할 예정이네. 궁정에서 그는 매우 인기가 있어. 일을 꼼꼼하고 열성적으로 한다는 면에서 그를 따를 사람은 드물다네.

8월 12일

알베르트는 확실히 이 세상에서 가장 좋은 사람이야. 어제 나는 그와 이상한 말다툼을 했다네. 나는 작별인사를 하러 그를 찾아갔어. 갑자기 산으로 승마를 가고 싶은 마음이 들었어. 지금 이 편지도 산에서 쓰고 있네. 내가 알베르트의 방 안을 걸어다니고 있노라니 그의 권총이 눈에 띄었어.

"이 권총을 빌려주시오."

내가 말했지.

"여행용으로 쓰게요."

"예, 좋습니다. 단, 탄환 장전은 당신이 하시오. 단순히 장식으로 걸어둔 것뿐이니까요."

내가 그중 한 자루를 끌어 내리자 그는 계속해서 말했어.

"조심했는데도 어처구니없는 실수를 한 다음부터는 이런 걸 만지고 싶지도 않아요."

나는 그 얘기가 듣고 싶었어.

"한 3개월쯤" 하고 그는 말을 꺼냈네.

"시골 친구네 집에 묵고 있었는데, 두 자루의 권총에 탄환을 재지 않았기 때문에 안심하고 있었지요. 비가 쏟아질 것 같은 어느 날 오후, 할 일 없이 멍청히 앉아 있노라니까, 어째서 그런 마음이 들었는지 모르겠는데, 자칫하면 악한의 습격을 받을지도 모른다, 그러면 권총이 필요하게 될는지도 모른다 싶더군요. 이런 기분 이해하시겠지요. 그래서 나는 그걸 닦아서 탄환을 재어두도록 하인에게 주었습니다. 그 하인은 하녀들과 장난을 치면서 놀려주려고 했는데 이게 웬일입니까. 안에 아직 삭장(搠杖)이 들어 있는 권총이 발사되어 하녀의 엄지손가락을 박살내고 말았습니다. 그래서 나는 어처구니없는 꼴을 당한 데다가 치료비까지 물고 말았지요. 그런 일이 있고부터는 총기는 모두 탄환을 재지 않고 놓아둡니다. 그러나 조심을 한다고 해도 무슨 소용이 있습니까. 위험은 예측할 수 없어요. 단……."

그런데, 빌헬름. 나는 이 사람을 매우 좋아하지만 이 '단'만은 정말 질색이네. 일반적 명제에 반드시 예외가 있다는 것 정도는 다 알고 있는 일 아닌가! 그런데 이 사람은 매우 꼼꼼한 사람이야. 자기가 어떤 경솔한 말, 전체적인 것, 불확실한 일을 말해버렸다고 생각하면 그걸 한정시킨다든가, 수식한다든가, 덧붙이거나 뺀다든가 하는 걸 그칠 줄을 모르고 계속해서 끝내는 핵심이 되는 문제는 그림자조차 없어지고 말지. 이때도 그는 원문을 매우 깊이 파 내려갔어. 나는 그만 두 손을 바짝 들고 그가 하는 말에는 귀도 기울이지 않은 채 생각에 잠겨 있다가 불쑥 화가 난 몸짓으로 권총 총구를 내 이마의 오른쪽 눈 있는 데에 갖다대었네.

"바보같이!" 하고 말하면서 알베르트는 내 손에서 권총을 빼앗았어.

"무슨 짓을 하는 거요?"

"탄환은 들어 있지 않소" 하고 나는 말했지.

"그렇더라도 이게 무슨 짓입니까?"

답답한 듯 그는 말했어.

"자살할 만큼 인간이 어리석을 수 있다니 나로서는 상상조차 안 됩니다. 생각만 해도 불쾌하군요."

"당신 같은 사람들은" 하고 나는 소리쳤어.

"무언가를 문제 삼을 경우 다짜고짜 그건 바보다, 그건 현명하다,

그건 좋다, 그건 나쁘다고 말하지 않으면 직성이 안 풀리는데 도대체 그게 무슨 뜻입니까? 당신들은 어떤 행위의 밑바닥에 감추어진 원인을 조사한 일이 있습니까? 어째서 그일이 일어났는가, 왜 그게 일어나지 않을 수 없었는가, 그 원인을 일일이 명확하게 열거해 보여줄 수가 있습니까? 만일 조사해보았다면 그토록 성급한 판단을 내릴 수 없겠지요."

"그러나 이것은 당신도 인정하겠지요."

알베르트는 말했네.

"어떤 종류의 행위는 어떤 동기에서 일어나건 간에 어디까지나 죄악이다, 라는 것 말입니다."

나는 어깨를 으쓱해 보이면서 일리가 있다고 말했어.

"그렇지만, 이것에도 두서너 가지의 예외는 있습니다. 도둑질이 죄악이라는 것은 사실입니다. 그러나 굶어 죽어가는 가족을 구하기 위해 도둑질을 하는 인간을 동정해야 합니까, 벌을 주어야 합니까? 바람난 아내와 그 비열한 정부를 정당한 분노로 살해하는 남편을 보고 누가 감히 먼저 돌을 던질 수 있습니까? 환희의 순간, 억누를 수 없는 사랑의 기쁨에 정신을 잃은 처녀에게 누가 먼저 돌을 던질 수 있습니까? 냉혈 같은 쌀쌀함으로 한 치의 여유도 없는 우리의 법률마저 감동해 처벌을 주저할 겁니다."

"그건 전혀 별개의 이야기입니다."

알베르트는 대꾸했어.

"격정에 휩쓸린 인간은 모든 사고력을 잃어버린 만취자, 정신착란자로 보아야 하기 때문입니다."

"아아, 당신들 이성적인 사람들이여!"

나는 미소를 지으면서 소리쳤네.

"격정! 만취! 정신착란! 당신들은 내가 알 게 뭐냐고 시치미를 뗍니다. 당신들 같은 품행 방정한 분들은 술꾼을 나무라고 미치광이 같은 인간을 미워하면서 저 사제(司祭)*와 같이 단지 그 옆을 지나칩니다. 그리하여 그러한 자들 중의 한 사람이 되지 않았음을 마치 바리새인처럼 하느님께 감사합니다. 나는 몇 번이나 정신없이 취한 일이 있지요. 나의 격정은 결코 정신착란과 멀지 않았습니다. 그러나 나는 후회하지 않습니다. 왜냐하면 나는 나름대로 깨달은 바가 있었기 때문입니다. 무언가 위대한 일, 불가능해 보이는 일들을 성취한 비범한 인간은, 옛날부터 모두 만취자나 미치광이로 취급받지 않을 수 없었다는 것을 나는 이해할 수 있었기 때문입니다. 그러나 일상생활에서도 자유롭고 고귀하며 흔치 않은 일을 하는 사람이 있으면, 반드시라고 할 만큼 '저 사내는 주정꾼이다. 저 녀석은 바보다!' 하고 퍼부어대는데, 참을 수 없는 일입니다. 당신들 근엄한 인간들은 수치를 알아야 합니다. 당신들 현명한 인간들은 부끄러움을 알아야 합니다!"

"그것은 당신의 망상입니다."

알베르트는 말했어.

"당신은 무엇이든지 과장해서 말합니다. 이런 경우에 지금 문제가 되는 자살을 위대한 행위와 비교하다니, 정말 잘못입니다. 약하

---

* 〈루가복음〉 70장 31절

다고 생각할 수밖에 없어요. 물론 괴로움에 가득 찬 삶을 꿋꿋이 참아나가기보다는 죽는 것이 편하지요."

나는 이야기를 끝내려고 했네. 왜냐하면 논쟁을 하면서 이쪽은 진정으로 이야기를 하고 있는데 상대는 의미 없는 의례적인 말로 응수하는 걸 참을 수 없기 때문이야. 그러나 나는 생각을 달리했어. 그건 이미 몇 번이나 들어온 말로서 수없이 화를 낸 일이 있었기 때문에. 그래서 나는 약간 목소리를 거칠게 해서 대답했지.

"약해서 그렇다고 당신은 말씀하셨죠? 겉보기에 현혹되지 말라고 부탁하고 싶군요. 폭군의 견딜 수 없는 압제 밑에서 신음하는 국민이 드디어 격노하여 그 쇠사슬을 끊을 때 그 국민을 약하다고 할 수 있습니까? 내 집이 불길에 싸여 있는 걸 보고 놀라서 온몸에 힘이 넘치는 걸 느끼며 보통 때는 움직일 수도 없는 무거운 짐을 가볍게 옮기는 사람, 모욕을 당한 노여움에서 여섯 명을 상대로 하여 그들을 쓰러뜨리는 사람, 이런 사람들을 약하다고 할 수 있습니까? 노력은 강한 것이라고 하면서 어째서 극도의 긴장을 그 반대라고 합니까?"

알베르트는 나를 빤히 바라보며 말했어.

"기분이 상하지 않기를 바랍니다만, 당신이 든 보기는 이 경우에는 전혀 해당하지 않는 것 같군요."

"그럴지도 모르죠."

나는 말했어.

"나의 연상(聯想) 방법은 헛소리에 가깝다고 지금까지도 자주 비난받아왔습니다. 원래 즐거워야 할 삶의 보람을 포기하려고 결심하는 사람은 도대체 어떤 기분일까요? 이 문제를 다른 방식으로 한번 생각해봅시다. 서로 공감할 수 있는 사람만이 이 문제에 대해 논할 수 있을 테니까 말입니다."

나는 계속했지.

"인간의 본성에는 한계라는 게 있습니다. 기쁨도, 고민도, 괴로움도 어느 정도까지는 참아내지만 그 정도를 넘으면 순식간에 파멸합니다. 그러므로 이런 경우 그 사람이 강한가 약한가 하는 게 문제가 아니라, 정신적이든 육체적이든 간에 그 사람이 자기 고민의 한도까지 인내할 수 있는가 없는가의 문제입니다. 그러므로 스스로의 목숨을 끊는 사람을 비겁하다고 하는 건 옳지 못한 일이라고 나는 생각합니다. 이건 악성 열병으로 죽어가는 사람을 보고 비겁자 취급을 하는 것이 부당한 것과 마찬가지입니다."

"궤변이오! 엄청난 궤변!"

알베르트는 소리쳤어.

"당신이 생각하는 정도로 그렇게 심한 궤변은 아닙니다."

내가 대꾸했지.

"육체가 몹시 병들어 정력이 소모되거나 기능이 정지해 다시 일어날 수 없고, 어떤 기적적인 치료와 요양을 해서도 생명의 정상적인 건강을 회복할 수가 없는, 이런 상태가 이른바 죽음에 이르는 병입니다. 당신도 인정하겠지요. 그런데 이것을 한번 정신에 적용해봅시다. 정신적으로 절박한 인간을 잘 살펴보십시오. 온갖 인상이 그 사람 안에서 작용하고 관념이 고정되어 끝내는 점점 높아지는 불안감 때문에 평정한 사고력을 모조리 빼앗기고 마침내는 파멸합니다. 냉정하고 이성적인 인간이 이러한 불행한 사람의 상태를 검토해보았자 소용없습니다. 훈계해보아도 마찬가지죠. 이것은 건강한 인간이 병자의 머리맡에 서 있어도 자신이 가지고 있는 힘의 한 조각도 나누어줄 수 없는 것과 마찬가집니다."

알베르트에게 이렇게 말하는 건 너무 추상적이었어. 얼마 전에 익사체가 되어 발견된 어느 소녀의 일을 생각해내고는 나는 그 아가씨의 신상 이야기를 들려주었어.

"참으로 마음씨 좋은 아가씨였죠. 집안일과 매주 일정하게 정해진 일에만 파묻혀 가난하게 자라난 소녀였습니다. 일요일에는 조금씩 돈을 모아서 만든 나들이옷을 입고 친구들과 함께 거리를 산책한다든가, 축제일에는 반드시 한 번은 춤을 추러 간다든가, 그 밖에 싸움이 일어나거나 좋지 않은 소문이 있기라도 하면 굉장한 호기심을 가지고 그 원인에 대하여 몇 시간이고 이웃여자와 이러쿵저러쿵하며 지내는, 이것밖에는 아무런 즐거움도 기대도 없던 평범한 소녀였지요. 그런데 이 아가씨의 불같은 성격이 좀더 은근한 욕망에 눈뜨게 되었고 남자들의 달콤한 말에 현혹되어서 이전의 즐거움이 차츰 시들해졌습니다. 성숙해졌던 겁니다. 이렇게 하여 드디어 한 남자를 만나게 되는데 그녀는 지금까지 몰랐던 감정에 미칠 듯이 이끌려서 이제 모든 소망을 그 남자에게 걸고, 자기 주위의 세상일도 잊고 그 남자 이외에는 아무것도 보지 않고, 아무것도 듣지 않으며, 아무것도 느끼지 않은 채 오로지 둘도 없는 이 남자만을 그리워할 뿐이었습니다. 그녀는 걷잡을 수 없는 허영이나 허무한 쾌락에 아직 물들지 않았기 때문에 그저 외곬으로 목적을 향해 돌진했습니다. 그 남자의 아내가 되고 싶고, 영원한 약속에 의하여 자신에게 보장되어 있는 모든 행복을 알고 싶고, 동경하고 있던 모든 기쁨을 한꺼번에 맛보고 싶어 했습니다. 맹세는 되풀이되고, 소망을 반드시 이루어주겠다는 보증도 받은 데다가, 대담한 애무를 받자 욕정도 높아져서 그녀의 영혼은 열 겹 스무 겹으로 포위되어 꼼짝할 수 없는 상태가 되었습니다. 모든 기쁨의 예감에 잠겨서 허공에 떠 있는 것처럼 긴장의 극한에 도달하자 드디어 그녀는 모든 소망을 끌어안으려고 팔을 내밀었지만, 애인은 그녀를 차버렸습니다— 망연자실하여 돌처럼 굳은 그녀는 심연(深淵) 앞에 서게 될 수밖에요. 주위는 캄캄하고 희망도 없고 위안도 없고 어떻게 해야 할지를 모릅니다! 유일한 삶의 보람으로 삼았던 그 남자에게 버림을 받았기 때문입니다. 자기 앞에 가로놓여 있는 넓은 세계가 보이지 않는 겁니다. 잃은 걸 보상해줄지도 모를 많은 사람의 모습이 보이지 않는 것입니다. 온 세상의 모든 것으로부터 버림을 받고 천애(天涯)의 고독한 생각에 그녀는 무서운 괴로움에 몸부림치면서 눈앞이 캄캄해져서 몸을 던집니다. 주위를 에워싼 죽음 속에 모든 고뇌의 뿌리를 끊으려고 한 것입니다. 이봐요, 알베르트, 이것이 많은 인간의 이야기지요! 이거야말로 병이 아니고 무엇입니까? 인간은 혼란하고 모순된 온갖 힘의 미로에서 빠져나오려고 해도 그 출구를 알 수 없습니다. 그래서 죽는 수밖에 별도리가 없지요. 팔짱을 끼고 바라보며 '어리석은 여자로군! 조금만 더 기다리고 있으면 시간의 힘으로 잊어버릴 수도 있을 텐데. 그렇게 되면 절망감도 가라앉고 틀림없이 다른 남자가 나타나서 위로해줄 텐데' 따위로 말하는 녀석은 저주받을 인간이지요. 그건 마치 '바보 같은 사내, 열병으로 죽다니. 좀 더 기다리고 있으면 체력도 회복되고 체액(體液)도 좋아지며 혈액도 진정될 텐데. 만사가 잘 되어 지금까지 살아 있을 텐데'라고 말하는 것과 같습니다."

이 비유로도 아직 이해가 안 됐는지 알베르트는 또 두서너 가지 이론(異論)을 폈어. 그 하나를 들어보면 이렇다네.

"당신 이야기는 오로지 어리석은 아가씨에 관한 것뿐입니다. 만일 그토록 어리석지 않고 더 널리 사물을 볼 줄 아는 분별 있는 인간이라면, 그 자살에 대하여 어떻게 변명할지 전 잘 모르겠군요."

"그건 말이오."

나는 소리쳤네.

"인간은 인간이지요. 설사 어느 정도 분별이 있다고 해도 정열이 소용돌이쳐서 인간의 한계에 내몰리고 보면, 그런 건 거의, 아니 전혀 문제가 되지 않지요. 오히려, 아니, 이 이야기는 다음에 합시다."

나는 이렇게 말하고는 모자를 집어 들었네. 내 가슴은 너무 흥분되어 있었어. 우리는 서로 이해하지 못하고 헤어졌네.

사실 이 세상에서 한 사람이 다른 사람을 이해한다는 것은 얼마나 어려운 일인가.

8월 15일

이 세상에서 인간을 가장 필요한 존재가 되게 하는 것, 그건 사랑이네. 틀림없는 사실이지. 로테가 나를 잃고 싶어 하지 않는다는 걸 나는 느끼고 있어. 아이들은 내가 여전히 내일도 다시 찾아올 거라고 생각하네. 오늘은 로테의 피아노를 조율하려고 갔지만 결국 그 일을 하지 못했어. 아이들이 옛날이야기를 들려달라고 매달리고 로테도 아이들의 요청을 들어주자고 했기 때문이네. 나는 그들에게 저녁식사 빵을 잘라 주었어. 이제 그들은 내게서 받는 걸 로테에게서 받는 것과 거의 같은 정도로 기뻐해.

　나는 '많은 손으로부터 도움을 받는 공주님' 이야기를 아이들에게 들려주었네. 그 덕택에 여러 가지 공부를 하게 되었어. 정말이네. 이야기가 아이들에게 어떤 인상을 주었는가를 깨닫고 나는 놀랐네. 두 번째로 이야기를 하면 줄거리를 잊어버려서 새로 창작을 해야 할 경우가 가끔 있는데, 그러면 아이들은 바로 요전에는 달랐었는데, 하고 말한다네. 그래서 나는 지금 내용을 바꾸지 않고 노래하듯이 가락을 붙여서 줄줄이 외우는 연습을 하고 있네. 이 일에서 나는 많은 것을 배웠어. 즉 작가가 자기 소설의 개정판을 내놓을 때, 그게 문학적으로는 훨씬 좋아지더라도 반드시 자기 작품을 손상하게 된다는 사실이야. 우리는 첫인상을 좋아하지. 그리고 인간은 아무리 황당무계한 이야기라도 읽어가는 동안에 이해하게끔 되어 있네. 더욱이 그것은 당장 기억에 각인되어버리기 때문에 그것을 다시 깎아내거나 말살해버리려고 하다가는 큰 곤욕을 치른단 말일세.

8월 18일

　인간에게 기쁨을 주는 게 동시에 인간을 불행하게 하는 원천이 된다는 사실, 이게 이 세상의 운명일까?

 살아 있는 자연을 받아들이는 내 가슴의 넘칠 듯한 뜨거운 감정은 무한한 기쁨으로 나를 감싸고 주위의 세계를 나의 천국으로 만들어주었네. 그러나 지금 이 감정은 또한 견딜 수 없는 박해자, 고통을 주는 마귀가 되어 나를 괴롭힌다네. 전에는 바위 위에서 강을 건너 저 언덕까지 풍요한 골짜기를 내려다보면 내 주위의 모든 것이 싹트고 솟아나는 것을 알 수 있었어. 또 산기슭에서 꼭대기까지 키 큰 밀림으로 뒤덮인 저 산들, 몇 겹이나 구부러진 저 골짜기들에 부드러운 숲 그림자가 내려앉는 것을 아름답게 바라본 일도 있었네. 강물은 서걱거리는 갈대 사이를 천천히 흐르면서 석양 무렵의 산들바람에 흔들거리며 흘러오는 하늘의 구름을 비추고 있었지. 숲속에서 지저귀는 새소리에 싸여서 수많은 날벌레의 무리가 저녁놀의 붉은 빛 속을 활기차게 춤추고 있었네. 그리고 몸부림치는 태양의 마지막 눈길에 이끌리어 딱정벌레는 윙윙거리며 풀섶에서 날아올랐지. 이러한 주위의 활발한 움직임에 취해 눈을 언뜻 대지로 돌리면, 발밑의 딱딱한 바위로부터 양분을 취하는 이끼와 메마른 모래언덕에 돋아나는 금작화가 자연의 성스러운 생명을 나에게 가르쳐주곤 했다네.

 나는 이 모든 것을 뜨거운 가슴에 껴안고 넘칠 듯한 만족감 속에서 스스로 신이 되는 듯한 느낌을 받았어. 이 무한한 세계 장엄한 모습의 가지가지는 만물에 생명을 부여하면서 내 영혼 속을 오가고 있었지. 우리를 둘러싼 거대한 산들이 솟아 있는 심연은 바로 앞에 있었네. 계곡의 물은 소용돌이치면서 흐르고 강은 발밑을 씻으며 흘러 숲도 산맥도 그 소리에 진동하고 있었어. 그리고 대지의 밑바닥에는 밝히기 어려운 온갖 힘이 뒤섞여 작용하고 있는 것을 나는 보았다네. 지금 대지 위 하늘 밑에는 수많은 생물이 자기들의 삶을 영위하고 있어. 모든 것들이 각각 천태만상의 모습을 하고 이 대지에 살고 있단 말일세.

그런데 인간은 조그만 집에 모여 자신을 지키고 살면서 이 광활한 세계를 통괄하는 자로 자처하네! 어리석은 자여! 그대는 자신이 보잘것없기 때문에 만물을 이토록 경시하는 것이다. 감히 오를 수 없는 산맥에서 인적미답의 황야를 넘어 미지의 대양 끝에 이르기까지, 영원히 창조하는 자의 숨결은 골고루 퍼지며 영혼의 목소리는 덧없는 미물 하나하나를 축복해주신다— 아아, 그 무렵, 우리 위를 날아가는 학의 날개를 빌려 헤아릴 수 없는 대양의 저쪽 기슭을 동경하던 일이 대체 몇 번이었던가. 무한(無限)한 자의 거품 이는 술잔으로 넘치는 삶의 환희를 얻어 마시기 위하여, 또한 만물을 자신 속에 깃들게 해 스스로 창조한 하느님 지복(至福)의 한 방울을 한순간이나마 맛보기 위하여, 얼마나 자주 동경의 날개를 폈던가!

벗이여, 지금은 다만 그 무렵의 추억만이 즐거움을 준다네. 저 형언할 수 없는 기분을 다시 불러내어 또다시 그것에 말을 부여하려고 마음먹는 것만으로도 벌써 영혼의 맥박이 높아지지만, 마침내는 지금 내 몸을 둘러싼 공포감에 전율하지 않을 수 없군.

마치 내 영혼을 뒤덮은 장막이 걷힌 것 같아. 무한한 삶의 무대는 영원히 입을 벌리고 있는 무덤의 나락이 되지. "그것은 존재한다"고 자네는 말할 수 있겠는가. 만물은 덧없이 사라져가고 모든 것은 번개처럼 순식간에 지나간다네. 또 그 존재의 모든 힘이 지속되는 것도 드물어서, 거센 물결에 휩쓸려 가라앉고 때론 바위에 부딪혀 산산이 부서지는 것이 아닌가? 시시각각으로 자네와 자네를, 그리고 모든 사랑하는 사람들을 좀먹어 들어가지. 또한 자네가 파괴자가 되지 않거나, 또 되지 않아도 될 때는 한순간도 없네. 한가로운 산책에서마저 몇천이라는 가엾은 벌레의 생명을 빼앗으며, 한 발짝 옮길 때마다 공들여 쌓아 올린 개미집이 격심하게 뒤흔들려서 작은 세계는 비참한 무덤으로 변하고 말 걸세.

아아, 내 마음을 뒤흔드는 건 세상에서 드물게 일어나는 재앙이 아니라네. 자네들의 마음을 덮치는 홍수라든가 자네들의 거리를 집어삼키는 지진 따위가 아니야. 자연의 모든 것 속에 숨어 있는, 좀먹어 들어가는 힘에 내 마음은 무너지고 만다네. 자연은, 이웃과 나 자신을 파괴하지 않는 건 하나도 창조한 적이 없어. 그래서 나는 너무나 무서워서 비틀거리지. 나를 둘러싼 하늘과 땅과 그 창조하는 힘, 그러나 그것도 내 눈에는 영원히 집어삼켜서 추억하는 괴물에 지나지 않는다네.

8월 21일

아침마다 괴로운 꿈에서 몽롱하게 깨어나면서 그녀에게 헛되이 팔을 내민다네. 밤이면 밤마다 즐겁고 청순한 사랑에 속아 풀섶 위에 나란히 앉아 손을 맞잡고 그 위에 천 번이고 만 번이고 입이라도 맞추듯이 덧없이 그녀를 나의 침실에서 찾아 헤맨다네. 아아, 한동안은 꿈인 듯 생시인 듯 그녀를 손으로 더듬다가 정신이 들면 — 가슴이 터질 것 같은 아픔에 눈물은 하염없이 흘러, 어두운 앞날을 바라보고는 황량한 마음으로 울부짖네.

8월 22일

참담하다. 빌헬름이여, 나의 활동력은 정지되고 모든 것을 포기한 불안정한 상태에 놓여 있네. 느긋하게 기다리고 있을 수도 없으나 그렇다고 무엇 하나 제대로 할 수도 없네. 상상력도 사라지고 자연을 느끼는 힘도 잃었어. 책을 보면 구역질이 나. 자기 자신을 잃으면 모든 걸 잃고 말지. 농담이 아니라 품팔이 인부가 되고 싶은 생각도 자주 들어. 아침에 눈을 떴을 때만이라도 그날 하루의 기대, 솟구쳐오르는 가슴 설렘과 희망을 지니고 싶네. 머리 위까지 서류에 파묻혀 있는 알베르트가 부러울 때도 있다네. 그 사람같이 된다면 행복할 거라고 생각하네. 몇 번인가 갑작스럽게 생각이 나서, 자네와 대신(大臣)에게 편지를 보내서 공사관 근무를 요청하려고도 생각했지. 그런 일이라면 거절당하지 않을 것이라고(자네도 나서주겠지만) 생각하고 있어. 대신은 전부터 나를 좋아하고 있어서, 어떤 일정한 직업을 갖는 게 좋을 거라고 벌써부터 권고해왔었으니까. 한동안은 그렇게 하는 편이 낫지 않을까 하고 생각했네. 나중에 가서 이 일을 생각해보니, 그 말[馬]의 우화 — 자유로움에 초조해진 말이 자진해 안장과 마구를 얹어달라고 했다가 끝내는 사람을 태우기만 하다 죽은 말의 이야기 — 가 생각나서 어떻게 해야 좋을지 갈피를 못

잡겠어. 벗이여, 환경의 변화를 구하는 갈망이 내 마음속에 있기 때문에, 어쩌면 이것이 어디를 가나 뒤쫓아오는 내심의 불쾌한 초조의 원인이 되는 게 아닐까?

8월 28일

나의 병이 나을 수 있다면 고쳐주는 것은 틀림없이 이 사람들이야. 오늘은 내 생일이네.* 아침 일찍 알베르트한테서 소포를 받았어. 풀어보니까 바로 분홍빛 리본이 눈에 띄었네. 처음 만났을 무렵 로테가 가슴에 달고 있었던 리본으로 지금까지 몇 번이나 달아보라고 간청했던 것이네. 12절판의 작은 책도 두 권 들어 있었네. 작은 판형의 베트슈타인판 호메로스로서 언제나 가지고 싶다고 생각했던 것이지. 이게 있으면 산책할 때 무거운 에르네스티판의 호메로스를 끼고 다닐 필요가 없다네.

이런 식으로 그 사람들은 나의 소망을 앞질러서 우정 어린 알뜰한 마음씨를 보여 주었네. 그들의 이러한 마음씨는 우리를 압도하기 위한, 인간의 허영심만 눈에 띄는 저 호화로운 선물보다 천 배나 고귀하지. 나는 이 리본에 몇 번이고 입을 맞췄네. 그리하여 숨 쉴 때마다 흘러가서 돌아오지 않는, 그 행복했던 몇 날인가를 채워준 그 좋았던 추억을 돌이켜본다네. 빌헬름이여, 사람 사는 세상이란 이런 것인가. 지저분하게 불평은 않겠네. 인생의 꽃은 환영에 지나

---

* 8월 28일은 괴테의 생일임과 동시에 알베르트의 모델인 케슈트너의 생일이기도 하다.

지 않는다네! 흔적 하나 남기지 않고 사라져가는 꽃이 얼마나 많은가. 열매를 맺는 꽃은 참으로 적구나! 그리하여 이들 열매가 익는 일은 극히 드문 것이다! 그렇지만 익은 열매는 아직도 많이 남아 있네. 그런데도 — 오오, 벗이여 — 이들 익은 열매를 무시하고 깔보며 그대로 썩혀버려야 하는 것인가?

잘 있게! 황홀한 여름이야. 이따금 나는 로테네 과수원의 나무에 올라앉아서 긴 장대로 높은 가지의 배를 딴다네. 그녀는 밑에 서서 내가 내려주는 배를 받지.

8월 30일

가엾은 사나이여! 너는 바보가 아닌가? 자기 자신을 기만하고 있지 않은가? 이 거칠게 날뛰는 끝없는 정열은 도대체 무엇일까? 이제 그녀밖에 기도할 대상은 없다. 상상력을 있는 대로 긁어모아도 그녀의 모습밖에는 아무것도 나타나지 않는다. 나를 둘러싼 세상의 모든 것은 오직 그녀와의 관계에서만 존재한다. 정말 이 사실이 나에게 행복한 한때를 가져다주는 것이다 — 단, 그것도 또다시 그녀로부터 강제로 떨어지지 않으면 안 될 때까지의 일이지만! 아아, 빌헬름이여, 때론 이별하라고 나 자신에게 강요하는 일마저 있다네! 그녀 곁에서 두세 시간 동안 그녀의 모습, 그녀의 몸짓, 그리고 품위 있는 그녀의 말투 등에 빠져 있는 그동안에, 모든 감각은 긴장해 눈앞이 캄캄해지고 귀도 먹어 마치 암살자한테 목이 졸리는 것같이 답답해지고 심장은 격렬하게 고동치지. 나의 감각은 도리어 혼란만 더할 뿐 ─ 빌헬름이여, 과연 자신이 이 세상에 존재하는가 안 하는가마저 모르게 될 때가 있네. 그리하여 ─ 때로는 슬픔에 압도되어 가슴의 아픔을 그녀의 손등에다 눈물로 달래는 이 비참한 위안마저 허락되지 않는다면 ─ 나는 떠나지 않으면 안 된다네. 떠날 수밖에 없네. 그러고는 아득한 들판을 헤매자. 길 없는 숲에 길을 만들어 풀섶에 상처를 입고 가시덤불에 찢기면서 험준한 산을 오르는 것이 나의 기쁨이라네! 그렇게 하면 기분이 조금은 풀리지. 어느 정도는! 이렇게 하여 피로와 목마름 때문에 도중에 쓰러지는 일도 있고, 때로는 깊은 밤 둥근 달이 중천에 걸릴 때 쓸쓸한 숲속 구부정한 나무에 올라앉아 상처 난 발바닥을 어루만지면서 피곤한 새벽잠을 잔다네! 오오, 빌헬름! 짐승 털로 만든 거친 수도복과 가시 돋친 허리띠를 두르고 혼자 외로이 수도원에서 살아가는 게 내 영혼이 바라는 간절한 위안이야. 잘 있거라! 이 슬픔 끝에는 무덤만이 있을 뿐이네.

9월 3일

나는 떠나지 않으면 안 된다! 빌헬름, 비틀거리는 나의 마음을 바로잡아주어서 고맙네. 이미 두 주일이나 로테를 떠나려는 생각을 하면서 방황하였지. 나는 떠나야 하네. 로테는 아직 시내의 여자 친구와 있네. 그리고 알베르트도 ─ 그리고 ─ 나는 떠나지 않으면 안 된다네!

9월 10일

잊으려 해도 잊지 못할 하룻밤이었다. 빌헬름이여, 이제 나는 모든 것을 이겨냈어. 이제 두 번 다시 그녀와는 만나지 않겠네! 아아, 자네의 목을 끌어안고 후련해질 때까지 눈물을 흘리며 가슴에 스며드는 온갖 생각을 마음껏 이야기할 수 있다면 얼마나 좋을까. 지금 나는 잠도 자지 않고 숨을 헐떡이며, 그리고 침착해야 한다고 자신에게 타이르면서 날이 밝기를 기다리고 있어. 해가 뜨면 마차가 오기로 되어 있네.

아아, 로테는 편안히 잠들어서 두 번 다시 나를 만날 수 없으리라고는 꿈에도 모르고 있지. 나는 뿌리치고 돌아왔네. 두 시간이나 이야기하는 동안에도 본심을 드러내지 않기 위해 다부지게 마음을 먹었네. 그렇지만 아아, 참으로 얼마나 비참한 그림이었던가!

알베르트는 저녁식사가 끝나면 바로 로테와 함께 정원으로 나오겠다고 약속했어. 나는 테라스 위 높은 밤나무 밑에 서서 지는 해를 바라보고 있었지. 저 부드러운 골짜기, 저 유유히 흐르는 강 너머로 해가 지는 것을 보는 것도 오늘로 마지막이네. 나는 자주 그곳에 서서 이 장려한 광경을 바라보곤 했었지. 나는 그리운 가로수길을 왔다 갔다 했다네. 아직 로테를 몰랐을 무렵, 무언가 야릇하게 마음이 이끌리어 여러 번 이곳에 찾아오곤 했지. 그리고 서로 막 알게 되었을 때, 둘 다 이곳을 좋아한다는 것을 알고 얼마나 기뻐했던가. 확실히 이곳은 사람의 손으로 만들어진 곳 중에서 가장 로맨틱한 장소라네.

우선 밤나무 사이로 멀리까지 바라다볼 수가 있지. 아아, 생각해

보니, 이건 벌써 여러 번 자네한테 써 보낸 얘기 같군. 이곳을 걸어가노라면 이윽고 높은 너도밤나무 숲의 벽이 둘러싸여 있고, 이어지는 키 큰 수풀 때문에 길은 점점 어두워지네. 마침내는 함빡 내려앉은 것 같은 작은 광장으로 끝나는데, 그곳에는 소름이 끼칠 만큼 깊은 적막함이 서리어 있지. 어느 날 한낮에 처음으로 이곳에 왔을 때의 적요한 추억을 아직도 잘 기억하고 있어. 이윽고 이곳이 행복과 고뇌의 무대가 되는 것이 아닐까, 하는 예감을 벌써 그때 매우 미미하기는 했지만 느끼고 있었네.

그럭저럭 반 시간쯤 이별과 재회, 고통과 감미로움이 뒤섞인 생각에 잠겨 있자 테라스를 올라오는 발소리가 들려왔어. 나는 뛰어가서 두 사람을 맞이했고, 떨리는 마음으로 그녀의 손에 입을 맞추었지. 계단을 막 다 올라왔을 때, 관목으로 뒤덮인 언덕에서 달이 솟아올랐어. 여러 가지 이야기를 하고 있는 동안에 우리는 어두운 정자 근처까지 와 있었지. 로테는 안으로 들어가서 앉았어. 그 곁에 알베르트가 앉고 그 옆에 나도 앉았네. 그러나 나는 마음이 불안하여 언제까지나 앉아 있을 수가 없어서, 일어나서 그녀 앞을 서성거리다가 다시 자리에 앉았네. 마음이 텅 빈 상태였어. 달은 너도밤나무 수풀 끝에서 눈앞의 테라스를 가득히 비추고 있었는데 그 달빛의 아름다운 인상을 로테는 좋아했네. 황홀한 광경이었네. 우리는 짙은 어스름에 둘러싸여 있어 그 풍경은 한층 더 선명했지. 아무도 입을 열지 않았어. 한참 있다가 로테가 말을 시작했네.

"달빛 속을 산책하노라면 언제나 꼭 돌아가신 분들의 일이 생각나서 죽음이라든가 내세 따위의 생각에 사로잡히죠. 우리들도 언젠가는 그곳에 가는 거겠죠!"

로테는 미묘한 감정이 담긴 목소리로 계속했어.

"그렇지만 베르테르, 저 세상에서 다시 만날 수 있을까요? 만나서 서로 알아볼 수 있을까요? 어떻게 생각해요? 말씀해주세요."

"로테!"

나는 그녀의 손을 잡자 눈물이 가득 고였네.

"다시 만날 수 있고말고요! 이 세상에서도 저 세상에서도 꼭 다시 만날 겁니다!"

나는 말을 더 이상 이을 수가 없었네. 빌헬름, 내가 애절한 이별을 가슴속에 간직하고 있었기 때문에 그녀는 이런 일을 나에게 묻지 않고는 배길 수 없었던 것일까?

"돌아가신 그리운 분들은 우리의 일을 알고 있을까?" 하고 로테는 말을 계속했어.

"우리가 행복할 때는 따뜻한 애정으로 그들을 생각한다는 것을 알고 있을까? 오오, 어머니의 모습이 언제나 제 주위를 맴돌고 있어요. 고요한 밤에 어머니의 아이들 — 지금은 나의 아이들이지만 — 틈에 앉아 있으면, 전날에 어머니 주위에 모여 있었듯이 모두 제 주위에 모여들어요. 그런 때에는 언제나 어머니의 모습이 선명하게 떠올라요. 그러면 저는 그리움의 눈물을 머금고 하늘을 우러러보며 이렇게 기원한답니다.

'어머니 한 번이라도 보아주세요. 약속을 지켜 어머니 아이들의 엄마가 되어 있는 저를요.'

가슴 뿌듯한 감정을 참으면서 저는 소리칩니다.

'만일 제가 아이들에게 어머니 같은 엄마가 아니라면 제발 용서해주세요. 아아! 저는 정말 노력하고 있습니다. 입히고, 먹이고, 그리고 무엇보다도 상냥하게 위로해주지요. 하늘에 계신 우리 어머니, 다정하게 살아가는 우리를 보신다면 두터운 감사로 하느님의 영광을 찬송할 것입니다. 어머니는 돌아가시면서 슬픈 눈물을 흘리시며 아이들의 행복을 하느님께 기도하셨지요.'"

오오, 빌헬름, 그녀가 한 말을 누가 되풀이할 수 있겠는가! 이토록 순결한 영혼의 꽃을 어떻게 차갑게 죽은 문자로 나타낼 수가 있겠는가? 알베르트는 부드럽게 말했네.

"로테, 그렇게 심각하게 생각하면 몸에 해로워요. 당신은 그런 생각에 흔히 잘 이끌리지만 제발 부탁이니."

"오오, 알베르트!"

그녀는 말했어.

"아버지가 여행 중에는 아이들을 잠재워놓고 그 작은 원탁에서 같이 지낸 저녁들을 잊지는 않았겠지요. 당신은 좋은 책을 많이 가지고 계셨는데 좀처럼 읽어주시지 않았지요. 청순한 어머니의 영혼과 이야기하는 것이 모든 것을 앞서는 기쁨이었기 때문일까요? 아름답고 상냥하고 쾌활하며 언제나 부지런하시던 어머니! 잠자리에 들 때마다 하느님 앞에 엎드려 제발 저를 어머니 같은 사람이 되게 인도해주십사 기도드리면서 흘린 저의 눈물을 하느님께서는 틀림없이 알고 계세요."

"로테!" 하고 소리치며 나는 그녀 앞에 몸을 던져 그 손을 쥐고 넘치는 눈물로 적셨네.

"로테! 당신에게는 하느님의 은혜와 어머님의 영혼이 언제나 깃들어 있어요!"

"당신께서 어머니를 아셨더라면……."

그녀는 이렇게 말하고 내 손을 쥐었어.

"어머니는 당신이 알 만한 가치가 있는 분이셨어요!"

나는 이 말을 듣자 숨이 넘어갈 것 같은 지경이었네. 나 자신에 관해 이토록 고귀하고 자랑스러운 말을 들었던 일은 아직 없었던 거지. 그녀는 말을 계속했어.

"그런데 어머님은 아직도 한창 나이에 저 세상으로 가셔야 했습니다. 막내동생이 태어나고 반 년도 채 되지 않았을 무렵이었습니다. 오래 앓지는 않으셨어요. 침착하게 하느님께 내맡기고 계셨습니다만 오직 아이들 일, 특히 갓난아이 때문에 마음 아파했습니다. 임종이 가까워지자 '아이들을 데려다주렴' 하고 말씀하셨습니다. 아무것도 모르는 어린아이들, 슬픔에 잠겨 있는 큰 아이들, 모두가 침대 주위에 둘러섰습니다. 어머니는 두 손을 들어 아이들을 위해 기도를 올리고 나서 한 사람씩 키스를 하고는 방에서 내보냈습니다. 그러고는 저에게 이렇게 말씀하셨습니다.

'저 아이들의 어머니가 되어다오!'

저는 어머니의 손을 잡고 약속했습니다.

'이 약속은 쉬운 일이 아니란다' 하고 어머니는 말씀하셨습니다.

'어머니의 마음과 어머니의 눈을 지니는 일이기 때문이야. 그러나 나는 종종 네 눈에 반짝이는 감사의 눈물을 보고 어머니가 하는 일이 어떤 것인가를 네가 알고 있다고 생각했었지. 동생들을 제발 그 어머니의 마음과 눈으로 보살펴다오. 그리고 아버지께는 아내와 같은 진심과 유순함을 가지고 받들고 위로해드려야 한다.'

어머니는 아버지에 대해 물으셨습니다. 아버지는 비탄에 잠긴 모습을 아이들에게 보이지 않으려고 밖에 나가계셨습니다. 아버지는 너무나도 상심하고 계셨습니다. 알베르트, 당신은 방으로 왔었지요. 어머니는 발소리를 듣고 누구냐고 묻고는 당신을 베갯머리로 불렀습니다. 그리고 당신과 나를 가만히 바라보고 계셨는데, 조용하고 안심한 듯한 눈길은 우리들이 행복하게 될 수 있다, 결혼하여 행복하게 살아갈 수 있다……라는 것을 말씀하시는 것 같았습니다."

알베르트는 로테를 껴안고 입을 맞추며 말했네.

"우리는 행복하오! 그리고 앞으로도 행복할 것이오!"

언제나 침착한 알베르트가 완전히 자제심을 잃고 있었네. 그리고 나도 마찬가지였지.

"베르테르" 하고 로테는 말했어.

"이러한 어머니가 세상을 떠나셔야 했던 겁니다! 아아! 저는 자주 생각합니다. 사람은 이 세상에서 가장 소중한 것을 잃고 마는 것이라고. 그것을 누구보다도 예민하게 느끼는 것은 아이들이지요. 검은 옷을 입은 남자들이 엄마를 데려갔다고 지금까지도 슬퍼하고 있어요."

로테는 일어섰어. 나는 정신을 차렸으나 감동을 누를 길이 없어 앉은 채로 그녀의 손을 잡았네.

"들어가셔요. 늦었군요."

그녀는 그렇게 말하고 손을 빼려고 했으나 나는 더 세게 쥐었어.

"반드시 다시 만날 겁니다" 하고 나는 소리쳤네.

"만나고말고요. 어떤 모습을 하고 있더라도 꼭 알아볼 겁니다. 가겠어요. 기꺼이 가겠어요. 그러나 영원히라고 말해야 한다면 참을 수가 없을 겁니다. 잘 있어요, 로테! 안녕히, 알베르트! 또 만납시다."

"내일이겠죠."

로테는 농담조로 말했어.

이 '내일'이라는 말이 가슴을 찔렀네! 아아, 그녀는 내 손에서 손을 빼려고 했을 때 알아차리지 못한 거야. 두 사람은 가로수길을 떠나갔어. 나는 선 채로 달빛 속을 걸어가는 두 사람을 배웅했지. 그리고 땅바닥에 몸을 내던지고 실컷 울었네. 그리고 벌떡 일어나 테라스 위로 달려갔어. 그러자 저 아래쪽 높은 보리수 숲 그늘에 로테의 하얀 옷깃이 어렴풋이 빛나면서 정원 출입구 쪽으로 움직이는 것이 보였네. 나는 팔을 내밀었어. 그러나 그 모습은 사라지고 말았다네.

2부

1771년 10월 20일

어제 부임지에 도착했네. 공사(公使)는 몸이 좀 불편하기 때문에 2, 3일 드러누울 거야. 이 사람이 이렇게 불친절하지만 않다면 만사가 잘 되어간다고 할 수 있을 텐데. 나는 비로소 운명이 나에게 가혹한 시련을 줄 작정이었다는 걸 알았네. 그러나 힘을 내야지! 홀가분한 기분이 되면 어떤 일도 참을 수 있어. 홀가분한 기분이라? 이런 말을 내가 쓰다니 참으로 우습군.

아아, 좀 더 단순한 성품으로 태어났더라면 나는 태양 아래서 가장 행복한 인간이 될 수 있을 텐데. 하는 수 없지! 다른 친구들은 보잘것없는 역량과 재능을 가지고도 자신 있게 살아가고 있는데 왜 나는 자신의 역량과 재능에 절망하고 있는 것일까? 친절한 하느님, 이것도 모두 당신의 선물이지만 왜 당신은 그 절반은 보류하고 자신을 믿는 힘과 만족과 침착함을 부여하지 않았습니까?

참아야지! 참아야지! 마침내는 잘되겠지. 진정 자네가 말한 대로야. 사람들 속에 나가 매일 바삐 돌아가면서 그들이 하는 일이며 그들의 사는 방법을 보게 되고 나서부터는 전에 비하여 훨씬 나 자신에 만족할 수 있게 되었네. 어차피 우리는 모든 것을 자기와 또 자기들의 모든 것과 비교해보도록 만들어져 있기 때문에, 행불행이라는 것도 우리가 견주는 그 상대에 따라서 달라진다는 건 확실해. 따라서 고독만큼 위험한 건 없네. 우리들의 상상력은 부풀어오르려는 그 본성의 부추김에다 문학의 환상적인 이미지까지 덧입혀 많은 피조물을 만들어내고 쌓아나가지. 그중에서 우리는 제일 낮은 자이고 자기 이외의 것은 무엇이든지 훌륭하게 보이며 타인은 모두 완전하다고 생각한다네. 극히 자연스러운 일이지.

자기에게는 많은 것이 부족하다는 느낌을 우리는 흔히 갖게 되네. 부족한 것을 타인은 가지고 있는 듯한 느낌이 들면 자기가 가지고 있는 것까지도 모두 남에게 주어버리고 게다가 일종의 완벽한 이상형까지 만들어야 직성이 풀리지. 그리하여 행복한 인간은 완벽하게 만들어지는데, 우리들 자신이 멋대로 꾸며낸 것에 지나지 않네.

이에 반하여 힘이 약하더라도 한결같이 열심히 계속 나아간다면, 비록 꾸물대거나 혹은 역풍을 만났다 해도 돛과 키를 갖춘 사람보다 앞선다는 걸 알게 되네. 그리하여 곧 타인과 같은 줄에 서거나 나아가서는 앞지르거나 하게 되면 그때에는 진실한 자기만의 감정이 생기는 것일세.

11월 26일

어쨌든 이곳에서 그런대로 꾸려나갈 수 있을 것 같은 마음이 들기 시작했네. 일이 잔뜩 쌓여 있는 게 무엇보다도 고맙네. 그리고 다양한 사람이 있어 내 앞에서 다채로운 연극을 보여주는 것, 이것도 고마운 일이야. C 백작과 알게 되었네. 날마다 그 사람을 존경하는 마음이 높아지는 것을 느낀다네.

박식한 두뇌의 소유자로 높은 식견을 가지고 있지만, 그렇다고 냉정하지는 않지. 이 사람과 이야기하고 있으면 사랑이라든가 우정을 이해하는 풍요한 감정이 빛을 내게 된다네. 이분의 청을 받고 어떤 일을 한 적이 있었는데 그때 처음으로 말을 주고받으며 서로 이해할 수 있는 상대라는 것, 나하고라면 다른 누구보다도 훌륭한 이야기 상대가 될 수 있다는 것을 대번에 알아차리고 그 이후로 나에게 관심을 가지게 되었지. 솔직하고 흥허물없는 태도는 정말 훌륭해. 남에게 흉금을 털어놓는 위대한 인물을 보는 것만큼 진정한, 그리고 따스한 기쁨이 이 세상에 또 있을까.

12월 24일

예상은 하고 있었지만, 공사는 정말 따분하기 짝이 없는 인물이야. 이 세상의 모든 바보 가운데에서도 가장 까다로우며 가장 뛰어난 바보지. 수저질까지 간섭하는 심술궂은 시어머니와도 같네. 결코 자기 자신에게 만족하지 않는 인간이며 무엇을 해주든지 고마움을 모른다네. 나는 일을 빨리 해치우는 걸 좋아하고 일단 끝난 건 내버려두네. 그러면 그는 공문서의 문안을 되던져주면서 이렇게 말하지.

"잘 되었지만 다시 한번 살펴보게. 더 좋은 말, 더 적절한 표현이 반드시 있을 거야."

화가 나서 미칠 지경이네. 아무튼 토씨 하나, 접속사 하나 빠뜨려서는 안 되는 것이네. 나는 도치법(倒置法)을 즐겨 쓰는데 이걸 몹시도 못마땅해하지. 복합문장은 일반적인 어법에 맞추어 쓰지 않으면 이해하지 못하네. 이런 녀석을 상대해야 한다는 것은 참으로 불행하지.

내가 아직 그럭저럭 견디어나갈 수 있는 것은 오로지 C 백작의 신뢰 덕분이야. 요전에 백작은 나에게 우리 공사의 느리고 결단성 없는 성격에 불만이 있다고 매우 솔직하게 이야기했네.

"이런 방식은 자신에게도 타인에게도 일을 번거롭게 하는 거지" 하고 그는 말했어.

"그것도 참지 않으면 안 돼요. 산을 넘지 않으면 안 되는 여행자와 같은 거지. 물론 산이 거기에 없다면 길은 훨씬 수월하고 가깝기도 하지. 그러나 산은 현실적으로 있기 때문에 넘지 않을 수 없는 거지요."

공사는 백작이 그보다 나를 더 높이 평가한다는 걸 눈치채고 그것이 못마땅한 듯 기회만 있으면 나에게 백작의 욕을 퍼붓는다네. 물론 나는 반발했고, 이렇게 하여 사태는 악화되었지. 특히 어제는 나까지 윽박지르는 바람에 화가 났네.

"백작은 이런 세속적인 일에는 매우 숙달되어 일도 빠르고 글도 제법 쓰는 사람이지만, 문필가들과 마찬가지로 기초적인 학식이 결여되어 있소" 하고는 "이 말의 속뜻을 알겠는가?"라고 말하고 싶은 표정을 지었네. 그러나 내게는 효험이 없었지. 이런 식으로 생각하거나 이런 식으로 행동하는 인간을 나는 경멸하므로 지지 않고 상당히 심하게 대꾸했네.

"백작은 성격 면에서도 지식 면에서도 존경하지 않을 수 없는 분입니다. 그처럼 자기의 정신을 확대해 수많은 대상에게 적용하는 훌륭한 분을 나는 달리 알지 못합니다."

내가 이렇게 말해도 그 멍청이는 무슨 말인지 이해하지 못하지. 또다시 멍청한 소리를 계속해서 더 이상 대꾸하고 싶지 않아 나는 인사를 하고 돌아왔어.

이건 모두 자네 책임이네. 세상에 나가서 일하라고 끊임없이 독촉을 받고 이러쿵저러쿵 귀찮게 책고(責苦)를 당한 끝에 드디어 나는 굴레에 얽매이고 만 것이네. 세상에 나가서 일하라고? 감자를 심거나 말을 타고 거리에 곡식을 팔러 가는 사람이 지금 나보다 오히려 나은 일을 하고 있네. 그렇지 않다면 나도 지금 사슬에 묶여 있는 이 노예선에서 앞으로 10년이라도 쓰러질 때까지 일을 해 보이겠어.

상대의 기분만 흘끗흘끗 살피는 이 거리의 구역질 나는 인간들, 그 속에 섞여서 사는 비참한 영광, 이 따분함! 반걸음이라도 상대방을 속여서 앞지르려고 호시탐탐 노리고 있는 녀석들의 출세욕! 그 악착같은 야심은 한심하기 짝이 없네. 한 여자를 그 예로 들어보자고. 이 여자는 누구에게나 자기 집안 내력과 고향에 대해 떠벌린다네. 그래서 모르는 사람은 이렇게 생각하게 되지. 별것도 아닌 신분과 출신지를 자랑하다니 참으로 바보 같은 여자라고— 그런데 현실의 상황은 이 정도가 아니네. 이 여자는 다름 아닌 이웃에 사는 법원 서기의 딸이라네. 도무지, 이렇게 노골적으로 창피를 당하는 짓을 할 만큼 머리가 나쁘다니 이해고 뭐고 할 수 없는 부류지.

나도 자신의 척도로 남을 측정하는 것의 어리석음을 날이 갈수록 잘 알게 되었어. 더욱이 나 자신의 일도 얼마든지 있고 내 가슴은 이렇게 거칠게 파도치고 있으니 — 남이 무슨 짓을 하든 간에 내가 알 바 아니지. 다만 내가 내 길을 가도록 내버려두었으면 고맙겠네.

무엇보다도 화가 나는 건 그 알량한 지위라든가 신분 따위들이네. 신분 차별의 필요성이라든가 나 자신이 그 덕을 크게 보고 있다는 것은 물론 나도 다른 사람들처럼 잘 알고 있어. 그렇지만 이 세상에서 조그만 기쁨과 한 가닥 행복의 빛을 즐기려고 하는 데 방해를 받기는 싫다네.

최근에 나는 산책길에서 B 양이라는 여자와 알게 되었네. 답답한 생활 속에서도 아름다운 천성을 잃지 않고 있는 사랑스러운 여성이야. 이야기를 주고받는 동안에 서로 호감을 느껴서 헤어질 때 집으로 방문하는 것을 허락해달라고 청했어. 아무 거리낌도 없이 승낙했으므로 적당한 때를 골라 방문했네.

그녀는 이곳 출생이 아니라 큰어머니 댁에 와 살고 있는 거였어. 이 노부인의 인상은 마음에 들지 않았지만 나는 크게 신경을 써서 말머리를 주로 이 사람에게 돌렸네. 한 30분 지나자 사정을 짐작할 수 있었다네. 후에 아가씨가 털어놓았는데, 이 큰어머니라는 사람은 늙어갈수록 모든 것이 여의치 않고 이렇다 할 재주도 없고, 재산도 자식도 없으며, 의지할 것이라고는 오직 조상의 족보뿐인 형편이어서, 신분을 유일한 성채로 삼아 그 속에 틀어박혀 그 꼭대기에서 평민들 머리 너머로 아래세계를 내려다보는 것밖에는 아무 낙도 없다고 했네. 젊었을 때는 미인이었다는데 그럭저럭 놀고 지내면서 처음에는 타고난 심술로 많은 가엾은 젊은이를 괴롭히다가 꽃다운 나이가 지나자 어느 늙은 사관(士官)에게 순종하겠다는 약속 아래 결혼했지. 이 사관은 그 대가로 상당한 생활비를 대주었지만 40대에 죽었다는군.

지금 이 여자는 50대로서 혼자 살며, 만일 조카딸이 이렇게 사랑스러운 사람이 아니었더라면 아는 척할 사람은 아무도 없었을 것이네.

1772년 1월 8일

참 형편없는 녀석들이야! 격식에만 사로잡혀서 회식이라도 있으면 한 자리라도 더 윗자리에 앉으려고 자나 깨나 애를 태우고 있어. 그 외에 할 일이 없는 것도 아니야. 아니 오히려 일은 산더미처럼 쌓여 있지. 하찮은 일 때문에 중요한 용건의 처리가 방해를 받고 있으니까 말이야. 지난 주 썰매를 탈 때에도 하찮은 일로 승강이가 붙어서 모처럼의 즐거움도 엉망이 되고 말았네.

원래 지위라는 것은 문제가 되지 않아. 이런 걸 모르는 바보들 때문에 골치가 아프네. 얼마나 많은 왕들이 그 대신들에게 지배당하고 얼마나 많은 대신들이 그 비서관에게 지배당하고 있느냐 말일세! 그렇다면 가장 위대한 것은 누군가? 다른 사람보다 넓은 시야를 갖고 자기의 계획을 수행하기 위하여 그들의 힘과 정열을 불러일으킬 만한 수완과 책략을 가지고 있는 인간이야말로 가장 위대한 자일 거야.

1월 20일

사랑하는 로테, 당신에게 편지를 쓰지 않고는 견딜 수 없습니다. 이곳은 초라한 농가의 어느 작은 방, 지독한 날씨를 피해서 들어왔습니다. 저 우울한 D 거리에서 내 마음과는 전혀 상관이 없는 낯선 사람들 사이를 걸어 다니고 있었던 동안은 당신에게 편지를 쓰도록 명령하는 내 안의 소리를 듣는 때가 한순간도 없었습니다. 그러나 지금 이 초가집, 이 적막함 속에서 눈비가 요란하게 창문을 때리는 소리를 들으며 틀어박혀 있으려니 제일 먼저 생각나는 건 당신이었습니다— 이 방에 발을 들여놓자마자 나에게 달려든 것은 당신 모습, 당신 생각이었습니다. 오오 로테! 거룩하게! 청순하게! 따스하게! 아아, 저 최초의 행복했던 순간이 되살아났습니다.

정신을 놓고 멍청하게 있는 이 나의 모습을, 사랑하는 사람이여 만일 당신이 보신다면……. 감각은 말라버리고 한순간의 만족도 없고 한순간의 행복도 없습니다. 공허! 오직 공허뿐! 마치 만화경(萬華鏡) 앞에 서서 눈앞에 작은 인간이며 작은 말이 돌아다니는 걸 보고 착각이 아닐까, 하고 의심하는 기분입니다. 때때로 이웃 사람의 나무로 된 손을 잡아보고는 깜짝 놀라서 물러납니다. 밤에는 해돋이를 보려고 마음먹지만 아침이 되면 침대에서 일어나지 않습니다. 또한 낮에는 달빛을 즐기려고 생각하고 있다가도 저녁이 되면 방에서 나가지도 않습니다. 무엇 때문에 일어나는지, 무엇 때문에 자는지, 나 자신도 잘 모릅니다.

내 창조력을 발효시킬 효모가 없어졌습니다. 밤이 깊어도 나를 잠자지 못하게 했던 매력이 없어졌습니다. 날이 새면 눈을 뜨게 해주었던 그 자극을 잃고 말았습니다.

이곳에서 오직 한 사람 여자다운 여자를 발견했습니다. B 양이라는 사람으로, 누군가 당신을 닮을 수 있다면 바로 이 사람입니다. 당신은 이렇게 말하겠지요.

"어머, 말솜씨가 여간 아니시군요!"

그것도 전혀 거짓말은 아닙니다. 요즈음 나는 여성에게 매우 근근하고 농담도 잘합니다만, 이것은 그렇게 할 수밖에 없기 때문입니다. 여성들은 나만큼 멋지게 사람을 칭찬하는 사람은 못 보았다고들 말합니다(그리고 "거짓말도"라고 당신은 덧붙이시겠지요. 어쨌든 거짓말을 하지 않곤 순조롭게 사귈 수 없기 때문입니다. 아시겠지요?). 아니, B 양 이야기를 하던 중이었지요. 이 사람이 지닌 풍부한 감정이 그녀의 파란 눈동자로부터 넘쳐흐르고 있습니다. 신분은 이 사람에게 무거운 짐으로 마음의 소망을 무엇 하나 채워주지 않습니다. 그녀는 번잡하고 귀찮은 환경에서 벗어나려고 몸부림치고 있으며, 우리 두 사람은 티 없는 행복에 가득 찬 전원 풍경 속에서 몇 시간의 공상에 잠깁니다. 아아! 그리고 당신에 대한 이야기도! 당신을 존경한다는 말을 그녀는 늘 하곤 합니다. 그리고 당신에 대한 이야기를 늘 듣고 싶어 하며, 당신을 알고 싶어 하고, 당신을 사랑하고 있습니다.

아아, 그 그리운 방에서 당신 발치에 앉아 있을 수 있다면. 그러면 우리의 귀여운 아이들은 내 주위를 돌아다닙니다. 때로 당신을 너무 귀찮게 하면 내 주위로 불러서 무서운 옛날이야기를 들려주어 조용히 만듭니다. 아아, 이게 지금의 내 소원입니다.

태양은 눈빛으로 번쩍이는 산 너머로 장엄하게 지고 있습니다. 눈보라는 지나갔습니다. 그리고 나는 다시 저 울타리 속에 자신을 가두어야 합니다. 잘 있어요, 로테! 알베르트는 당신 곁에 있습니까? 그리고 무얼 하고 있습니까?

하느님, 이런 질문을 용서해주십시오!

2월 8일

한 주 내내 불쾌한 날씨가 이어지고 있는데, 내게는 도리어 고마운 일이네. 왜냐하면 이곳에 오고부터는 하늘에 아름다운 태양이 모습을 나타내면 반드시 누군가가 찾아와서 모처럼의 맑은 날을 망치거나 불쾌하게 만들거든. 그래서 비가 내리거나 눈보라가 치거나 얼어붙거나 눈이 녹기라도 하면 "됐구나! 이렇게 되면 집 안에 있어도 밖에 있는 것보다 나쁠 게 없고 그 반대라도 마찬가지지. 어쨌든 잘되었다" 하고 생각하네. 날이 밝아 해가 뜨고 아무래도 갠 날이 될 것 같으면 언제나 나는 소리치지 않고는 못 배긴다네.

"또 하늘에서 선물을 내려주자마자 인간들은 서로 빼앗으려고 다투겠지?"

녀석들은 무엇이든지 서로 빼앗지. 건강도, 명예도, 즐거움도, 휴양까지도! 대개 어리석고 무식하며 그릇이 적기 때문이야. 하지만 그들은 서로에게 호의를 가지고 있다고 말하지. 때때로 나는 그들 앞에 무릎을 꿇고 그토록 맹렬하게 자기의 오장육부를 휘젓지 말라고 빌고 싶은 지경이네.

2월 17일

공사와 나는 이제 머지않아 더 이상 서로를 견딜 수 없을 것 같네. 정말이지 참을 수 없는 인간이야. 이 사람의 일하는 방식과 사무 처리는 참으로 우습기 그지없어 반대를 안 하려야 안 할 수 없단 말일세. 때로는 나 자신의 판단과 방식으로 해버려. 당연하긴 하지만 그의 마음에 들지 않는 거지. 이 점에 관해서 최근에 그는 나의 일을 궁정에다 호소했다네.

그래서 나는 대신에게 견책을 당했네. 별것은 아니었지만 어쨌든 견책은 견책이지. 나는 사직원을 제출하려고 했는데 마침 대신이 보낸 개인적인 편지를 받았네. 나는 그 편지* 앞에 무릎을 꿇고 그의 존경스럽고 현명한 마음씨에 깊이 머리를 숙였다네. 대신은 지나치

---

* 이 탁월한 인물에 대한 존경심에서 이 편지와 다음에 언급하는 또 하나의 편지를 편집 과정에서 생략했다. 그것을 게재한다면 독자로부터 아무리 열렬한 감시를 받는다 해도 발표한 그 죗값은 되지 않는다고 생각했기 때문이다. _원주

게 예민한 나의 감수성에 대해 훈계를 하면서도 활동이라든가 타인에게 주는 영향 및 업무에 몰두하는 데 내가 품고 있는 극단적인 관념을 청년답고 활발해서 좋다고 칭찬해주었네. 그걸 죽이지 말고 약간 완화해서 진가를 발휘하여 훌륭한 성과를 올릴 수 있도록 하라고 격려해주셨지. 덕택으로 나도 한 주일쯤은 기력을 회복할 수 있었네. 영혼의 평온함이란 참으로 좋은 거야. 환희, 바로 그것이야. 벗이여, 이 보석은 참으로 귀중한 것이기는 하나 너무 약하네.

2월 20일

사랑하는 사람들이여, 하느님의 축복이 당신들 두 사람 위에 내리고, 또한 하느님이 내게 베풀어주시지 않았던 모든 좋은 날들이 당신들 두 사람에게 내리기를!

알베르트여, 그대가 나를 속인 사실에 감사하네.

그대들의 결혼식이 언제로 정해졌는지 그 기별을 나는 기다리고 있었네. 그날 나는 엄숙히 로테의 실루엣 그림을 벽에서 떼내어 다른 서류와 함께 파묻어버리려고 생각했던 걸세.

이제 그대들은 부부야. 그런데도 로테의 실루엣 그림은 아직 여기에 있네. 이대로 두는 수밖에 없네. 그렇게 해서 안 될 이유도 없겠지. 나는 그대들 곁에 있는 것이네. 그대와는 관계없이 로테의 가슴속에 나는 있는 거지. 거기서 나는 두 번째의 자리를 차지하고 있네. 그 자리를 나는 놓치지 않겠어. 언제까지나 차지하고 있어야 하네.

아아, 만일 그녀가 나를 잊어버린다면 나는 미치고 말 것이네—
알베르트, 이 생각 속에는 지옥이 도사리고 있어. 알베르트, 잘 있게
나! 잘 있어요, 하늘에서 내려온 천사여! 잘 있어요, 로테!

3월 15일

언짢은 꼴을 당했기 때문에 이곳을 떠나려고 생각하고 있네. 나는 이를 갈고 있어. 빌어먹을! 어떻게 해볼 수 없을 만큼 언짢은 기분이야. 모두 자네들 때문이야. 자네들은 지위를 차지하라고 나를 꼬드기고 몰아세우고 채찍질했네. 그 지위가 내 성미에 맞지 않았던 거지. 그래서 끝내는 이런 꼴을 당한 것이네! 자네들도 알고 있겠지! 나의 극단적인 관념이 모든 것을 파멸시켜버린다고 자네가 두 번 다시 말하지 못하도록 한 가지 이야기를 들려주겠네. 쉽고도 솔직하게, 연대기 저자의 기록처럼 말해주지.

C 백작은 나를 좋아하고 두둔해준다네. 널리 알려진 사실로 자네한테도 몇 번이나 이야기했었지. 어제 나는 식사 초대를 받고 백작한테 갔네. 마침 그날은 백작 저택에서 상류층 신사 숙녀의 모임이 있을 예정이었어. 그런 일은 꿈에도 몰랐던 나는 그게 우리 같은 말단관리는 참가할 수 없는 모임이라는 것을 전혀 모르고 있었네. 요컨대 나는 백작의 집에서 식사를 하고 난 후에 큰 홀을 왔다 갔다 하면서 백작과 이야기를 나누기도 하고, 마침 그곳에 왔던 B 대령과도 이야기를 하고 있었네. 그동안에 회합 시간이 가까워졌어. 맹세코 하는 말이지만, 나는 아무것도 몰랐네. 그때에 그곳에 S 부인이 들

어왔어. 그녀는 남편과 잘 부화한 새끼 거위 같은 ― 밋밋한 가슴패기에 값비싼 코르셋을 한 ― 딸을 데리고 지나갈 때마다 대대로 이어받은 거만한 눈과 코를 한껏 벌려 보였어. 나는 이러한 족속들이 매우 싫었으므로 곧 물러나려고 생각하며 백작의 진저리나는 사설로부터 해방되기를 기다리고 있었네. 그때 B 양이 들어왔네. 언제나 그녀를 만나면 어느 정도 마음이 후련해졌으므로 잠시 머물기로 작정하고 그녀의 의자 뒤에 서 있었지. 그러나 나는 그녀와 잠시 이야기를 하는 동안 그녀의 말투가 여느 때보다 솔직하지 못하고 어쩐지 난처해하는 듯한 태도라는 것을 알 수 있었네. 전혀 뜻밖이었지. 그리고 이 여자도 역시 저 패거리들과 똑같다는 생각이 들자 다시 화가 나서 뛰쳐나오려고 했네. 그러나 나는 남아 있었네. 왜냐하면 그녀에게 이유를 물어보아 용서할 수 있는 거라면 그녀의 태도를 용서해주고 싶었기 때문이네. 아니, 사실 그런 일을 믿을 수가 없었고 그녀에게서 마음의 구름이 걷히는 말을 듣게 되기를 진심으로 원했기 때문이었어.

    그러는 동안 회합의 인원이 다 모였네. 프란츠 1세의 대관식 의상을 차려입은 F 남작, 여기서는 직책상 귀족처럼 폰을 붙여 호칭하는 궁중 고문관 R과 그의 귀머거리 부인 등등. 게다가 초라한 옷차림의 J도 빼놓을 수 없는데, 이 사람은 해진 고대 프랑크 의상을 최신 유행하는 천으로 꿰매 입고 있었어. 이런 패거리들이 계속 들어왔네. 나는 두서너 명의 아는 사람과 이야기를 했는데 모두 평소와는 달리 이상할 정도로 말수가 적었네. 나는 주로 B 양에게 주의를 기울이고 있었기 때문에 미처 알아차리지 못했지만, 여자들이 홀 구석에 모여서 귀엣말로 속삭였고 그게 남자들에게로 번져서 마침내 S 부인이 백작에게 이야기하게 되었네(이것은 모두 B 양이 나중에 이야기해준 사실이다). 드디어 백작이 나한테로 오더니 문간으로 나를 데리고 갔네.

"알다시피" 하고 그는 말했어.

"우리들 계급의 관습은 이상해서 자네가 여기에 있는 것이 아무래도 손님들에게는 못마땅한 것 같군. 나는 절대로……."

"각하."

나는 말을 가로챘지.

"몇 번이라도 사과드립니다. 더 빨리 알아차렸어야 했습니다. 이 실례를 각하께서는 용서해주시겠지요. 아까 작별인사를 드리려고 했었는데 무언가 잘못되어 그만 남아 있고 말았습니다."

나는 미소를 지으면서 이렇게 덧붙이고는 머리를 숙였네.

백작은 미안한 듯이 내 두 손을 꽉 잡았어. 나는 마차를 잡아 타고 M이란 곳으로 달렸네. 그곳 언덕에서 지는 해를 바라보며 나는 호메로스를 펴 들고 오디세우스가 훌륭한 양치기들로부터 대접을 받는 그 황홀한 노래를 읽었네. 어느 것이나 다 좋았네.

저녁때 나는 식사를 하러 돌아왔어. 식당에는 아직 두서너 사람이 남아 있더군. 그들은 한구석에서 테이블보를 뒤집어놓고 주사위 놀이를 하고 있었네. 그때 정직한 아데린이 들어왔어. 모자를 밑에 놓으면서 나를 보자 가까이 와서 낮은 목소리로 말했어.

"언짢은 꼴을 당했다지?"

"내가?"

"백작이 자네를 모임에서 내쫓았다면서?"

"그런 모임 따위에는 취미가 없네!" 하고 나는 말했네.

"밖으로 나오니까 십 년 묵은 체증이 내려가는 것 같았어."

"아무렇지도 않게 생각하는 것은 잘하는 일이야. 그러나 울화통이 터지는군. 어디를 가도 이 이야기뿐이야."

이 말을 듣자 비로소 나도 화가 치밀었어. 그래서 식사하러 온 사람들이 나를 말똥말똥 바라보고 있었군! 그렇게 생각되자 머리끝까지 화가 치밀었지. 오늘은 어디를 가도 동정을 받는군. 나를 질시하던 녀석들은 만세를 부르며 이렇게 말한다네.

"보라고! 머리가 좀 좋다는 것을 내세워서 지위고 신분이고 모두 헌신짝같이 생각한 돼먹지 않은 자식의 말로가 저렇지."

그 밖에도 이것을 빙자하여 어처구니없는 소리들을 해대고 있네. 내 심장에 칼을 꽂고 싶어질 정도야. 자제력이나 독립심 따위를 말해보았자 소용없네. 악당들이 자기들의 유리해진 입장을 내세워 왈가왈부 떠들어댈 때, 그것을 묵묵히 바라보고 있을 수 있는 인간이 있을까. 놈들의 사설이 전혀 근거가 없는 거짓에 불과하다면, 그렇다면 가볍게 받아넘길 수도 있겠는데.

3월 16일

초조해지는 일뿐이야. 오늘 가로수길에서 B 양을 만났네. 말을 걸지 않고는 배길 수 없었지. 일행들에게서 좀 떨어지게 되자 전날 그녀의 태도가 마음에 걸린다고 말했네.

"어머, 베르테르."

차분한 태도로 그녀는 말했어.

"제 마음을 잘 아시면서 그때의 제 난처한 처지를 그런 식으로 받아들이다니요. 제가 홀에 발을 들여놓은 그 순간부터 당신 때문에 얼마나 괴로워했는지 아세요? 저는 모든 것을 다 알고 있었기 때문에 당신께 몇 번이나 말씀드리려고 했지요. S 부인과 T 부인, 그리고 그 남편들은 당신과 같이 있어야 한다면 돌아가겠다고 말할 참이었죠. 저는 이걸 알고 있었습니다. 백작으로서는 이 사람들과 틈이 벌어져서는 곤란해진다는 것도 알고 있었습니다. 그리고 있는 동안에 그 소동이 일어난 거죠."

"뭐라고요, 아가씨?" 하고 말하고 나서 나는 놀라움을 나타내지 않으려고 했네. 왜냐하면 저번에 아데린이 한 말이 그 순간에 끓는 물처럼 나의 혈관을 내달렸기 때문이네.

"지금까지 정말 괴로웠습니다."

눈물을 머금으면서 이 친절한 사람은 말했어. 나는 더 이상 나를 억제할 수가 없어서 그녀의 발밑에 몸을 내던질 뻔했네.

"이유를 말해주십시오!"

나는 소리쳤어. 눈물이 그녀의 뺨을 적시고 있었네. 나는 자제력을 잃었지. 그녀는 눈물을 감추려고 하지 않고 그것을 닦아내었어.

"제 큰어머니를 아시죠."

그녀는 말하기 시작했어.

"그 큰어머니도 그 자리에 와 계셨는데, 참으로 고약한 눈길로 바라보고 있었죠! 베르테르, 어제 저녁에도, 그리고 오늘 아침에도 당신과의 교제에 대하여 설교를 들었어요. 당신을 깎아내리고 헐뜯는 걸 가만히 듣고만 있었을 뿐 제대로 변명도 할 수 없었고 또 그걸 허락도 해주지 않았습니다."

그녀의 말 하나하나가 비수처럼 나의 가슴을 찔렀네. 말하지 않고 가만히 묻어두는 편이 얼마나 더 자비로운 일인지를 그녀는 몰랐던 거지. 그리고 그녀는 다시 덧붙였네. 앞으로 어떤 소문이 퍼질 것인가, 어떤 패거리들이 만세를 부를 것인가, 그리고 벌써부터 비난의 표적이 되어 있었던, 거만하게 남을 깔보는 나의 태도가 드디어 벌을 받게 되었다고 고소해한다는 것에 대해서. 그런 일을 빌헬름이여, 거짓 하나 없는 동정 어린 목소리로 말하는 걸 듣자 내 가슴은 갈가리 찢어져 아직도 들끓고 있네. 차라리 맞대놓고 비난해주는 사람이 있으면 좋겠어. 그렇게 되면 그 녀석 배때기에 단도라도 푹 찔러넣을 수가 있지. 피를 보면 기분이라도 한결 가라앉겠지. 아아, 나는 몇 번이나 비수를 들고 이 울적한 가슴에 바람구멍을 내려고 했네. 혈통이 좋은 말은 무섭게 몰아대서 흥분하게 되면 본능적으로 스스로 혈관을 물어뜯어서 호흡을 편하게 한다는 이야기가 있지. 나도 내 혈관을 파괴하고 싶은 기분이 들 때가 자주 있네. 그렇게 하면 영원한 자유를 얻을 수 있을 걸세.

3월 24일

궁정에 사직원을 제출했네. 수리해주기를 원하고 있어. 자네들의 양해를 구하지 않은 걸 용서해주게. 어쨌든 나는 꼭 떠나야만 하네.

유임을 권고하려고 자네들이 할 말들은 다 알고 있네. 그러므로 이 일은 우리 어머니에게 슬쩍 비쳐주기 바라네. 나는 내 몸 하나도 건사를 못하겠어. 내가 보살펴드릴 수 없게 되더라도 어머니는 양해해주실 거야. 물론 어머니는 슬퍼하시겠지. 추밀 고문관이나 공사를 목표로 내디딘 아들의 아름다운 인생행로가 갑자기 중단되어 조랑말과 함께 다시 마구간으로 되돌아오게 되었으니 말야! 어떻게든 마음대로 생각해주게. 내가 유임할 수 있었을 거라든가 유임했을 거라는 식으로 온갖 경우를 마음대로 생각해서 이리저리 맞추어보게. 하여간 나는 떠난다네. 어디로 갈 것인지 알 수 있도록 말해두자면, 이곳에 ××공작이라는 사람이 있는데 나와의 교제를 흥미로워하네. 내 기분을 말하자 같이 자기 영지(領地)로 가서 아름다운 봄을 거기서 지내자고 조르더군. 내 마음대로 하도록 해주겠다고 약속도 했네. 어느 점까지는 서로 이해할 수 있는 상대이므로 나는 행운을 빌며 동행할 생각이네.

4월 19일

추신(追伸)

편지 두 통 반갑게 받았네. 내가 답장을 보내지 않은 건 궁정에서 사직에 대한 허가가 나올 때까지 편지를 부치지 않고 놓아두었기 때문이네. 실은 우리 어머니가 장관에게 부탁하여 내 계획에 훼방을 놓지나 않을까 하는 걱정을 하고 있었네. 그러나 이제 끝났어. 사직 허가는 내려졌네. 겨우 허락받은 것이고, 게다가 장관이 일부러 편지까지 해주셨지만 그것은 자네들에게 말하지 않겠네 — 말을 하면 또 자네들의 한탄하는 모양을 보아야 하니까.

　황태자께서 석별금으로 25두카텐과 고마운 말씀까지 내려 주셨는데 감격하여 눈물이 나왔네. 그래서 일전에 편지로 어머니께 부탁드린 돈은 이제 필요 없게 되었네.

5월 5일

　내일 이곳을 떠나네. 내가 태어난 고장은 길에서 불과 6마일 들어간 곳에 있기 때문에 꼭 들러보려고 마음먹고 있어. 행복한 꿈을 꾸며 지낸 지난날을 돌이켜보고 싶은 거지. 나는 어떻게 하든지 바로 그 성문을 통해서 들어가려고 생각하고 있네. 아버님 별세 후에 어머니는 지금의 따분한 거리로 옮기기 위해서 그 정들고 그리운 고장을 떠났지. 바로 그때, 나를 데리고 그 성문을 마차로 벗어난 것이라네.

　잘 있게, 빌헬름. 여행 이야기는 다시 쓰기로 하지.

5월 9일

　순례자가 가슴에 품는 모든 경건함을 가지고 고향 방문을 무사히 끝냈네. 온갖 뜻하지 않은 감회가 몰려오더군. 이 거리의 교외인 S에서 약 15분쯤 걸리는 거리의 큰 보리수 앞에 마차를 세우고 내린 다음 마부에게 먼저 가도록 명령했어. 걸어가면서 추억 하나하나를 생생하게 만나보기 위해서였지. 나는 보리수 밑에 섰네. 일찍이 이 보리수는 소년 시절에 내 산책의 목표이기도 하고 경계이기도 했지. 참으로 많이 변했구나! 그 무렵 나는 아무것도 모르고 행복했으며 끊임없이 미지의 세계에 동경을 품고 그곳에 내 마음을 위한 풍요한 양식, 넘치는 즐거움이 있을 것으로 생각하며, 내 가슴의 열망과 그리움이 채워지기를 소망했네. 이제 먼 세계에서 돌아와 보니 ― 오오 벗이여, 얼마나 많은 희망이 어이없이 무너지고 말았는가! 나는 눈앞에 산맥을 보았어. 수천 번이나 내가 소망했던 대상이었네. 시간 가는 것도 잊고 여기에 앉아 산 너머 저쪽으로 그리움을 달래면서 조용히, 그리고 부드럽게 저물어가는 숲과 계곡을 바라보았던 걸세. 일정한 시간이 되어 이 못 견디게 좋은 곳을 떠나서 다시 돌아가야만 했을 때의 그 괴로움!

나는 거리 가까이 갔네. 기억에 남아 있는 낡은 별장들이 정다웠어. 신축한 것은 마음에 들지 않았네. 더욱이 내가 모르는 사이에 갖가지 손질을 해서 형태를 바꾼 것은 싫었어.

나는 성문을 통해서 거리로 들어갔네. 그러자 갑자기, 완전하게 다시 옛날의 나로 돌아가는 듯했어. 벗이여, 자세하게 쓰지는 않겠네. 자신에게 대단히 매력적인 것이라도 말로 하면 단조롭게 되어버리는 법이니까. 나는 옛날의 우리 집 근처의 장터에 숙소를 잡기로 하고 그곳을 향해 가는 도중, 성실한 노부인이 어린이들을 몰아넣고 가두어두던 교실이 잡화점으로 변해 있는 것을 보았네. 이 굴속 같은 교실에서 내가 참고 견뎠던 불안과 눈물, 답답한 감정과 깊은 괴로움이 다시 떠올랐네 ― 걸음을 옮길 때마다 놀라움은 새로웠어. 성지를 가는 순례자라도 이처럼 많은 종교적 추억의 장소를 만나는 일은 없네. 그 영혼도 이렇게까지 성스러운 감동으로 채워지는 일은 없을 테고— 쓰고 싶은 것은 산더미처럼 많지만 하나만 더 쓰기로 하겠네.

나는 강물을 따라 내려가 어느 저택이 있는 데까지 갔어. 이 길도 전에는 나의 길이었지. 우리 소년들이 납작한 돌을 될 수 있는 대로 멀리 돌팔매질하는 연습을 하던 곳이야. 이따금 걸음을 멈추고 물의 흐름을 내려다보고 있자니까, 이런 추억들이 선명히 되살아났네. 그 무렵 나는 야릇한 예감에 떨면서 이 물의 흐름을 뒤쫓았던 거네. 이 강물이 흘러갈 나라들에 대해 얼마나 신비한 공상을 많이 했던가. 그러나 마침내 나의 상상력도 한계에 달해버렸지만, 그래도 더 멀리 가야 한다고, 더욱 멀리 달려서 마침내는 눈에 보이지 않는 먼 저쪽의 경치를 눈앞에 생생히, 그러고는 취한 듯이 바라보곤 했던 거지.

벗이여, 영광에 가득 찬 옛 조상들은 그같이 좁은 세계에서도 그토록 행복하게 살지 않았던가! 그들의 감정도, 그들의 노래도 어린이 같았네. 오디세우스가 헤아릴 수 없는 대양과 끝없는 대지에 대하여 이야기할 때, 그 말은 그토록 진실하고 인간적이었으며 절실하고 깊었으며 그리고 신비했지!

이제 내가 어린아이와 어울려 지구는 둥근 것이라고 흉내 내어 말한다고 해도 그것이 무슨 소용인가? 인간은 지상에서 즐기기 위해서라면 얼마 안 되는 흙덩이만 있으면 족하네. 또한 그 밑에서 안식을 찾기 위해서라면 그보다 더 적은 흙이면 족할 거야.

지금 나는 이곳 공작의 수렵관에 와서 지내고 있네. 이 사람하고라면 아주 기분 좋게 살 수 있어. 그는 진실하고 소박한 사람이야. 이 사람 주위에는 묘한 사람들이 모여 있는데, 나로서는 전혀 이해할 수 없는 사람들이네. 깡패는 아닌 것 같은데 그렇다고 성실한 인간 같지도 않아. 때로는 정직한 사람처럼 보일 때도 있지만 신용할 수가 없어. 참으로 아쉬운 건, 공작이 단지 듣거나 읽었을 뿐인 것에 대해서 곧잘 이야기를 한다는 점이네. 그것도 다른 사람에게서 배운 그대로의 관점에서 이야기하는 거네.

게다가 또 공작은 나의 지성과 재능을 나의 감정보다 높이 평가하고 있어. 그러나 감정이야말로 나의 유일한 자랑으로서 이것만이 모든 것의 근원이네. 힘도 행복도 불행도 모두 여기서 솟아나지. 아아, 내가 알고 있는 것쯤은 누구라도 다 알 수가 있네 — 그러나 감정만은 나 혼자의 것이네.

5월 25일

나는 어떤 생각이 있었네. 실행하기까지는 자네들에게 말하지 않을 작정이었지. 그걸 실행할 수 없게 된 지금으로서는 어떻게 되든 상관이 없네. 실은 전쟁에 나가려고 생각했던 거네.

오랫동안 마음에 간직하고 있었던 일이었지. 내가 공작을 따라서 이곳에 온 것도 주로 그 때문이었네. 공작은 ××에 근무하는 장군이야. 어느 날 산책 도중에 나는 이 계획을 털어놓았어. 그는 그만두는 것이 좋을 것이라고 만류했네. 나의 경우에 그 생각은 정열이라기보다는 오히려 변덕에 지나지 않았으므로 그가 말한 여러 가지 논거에 따르지 않을 수가 없었네.

6월 11일

어떻게 하라고 말 좀 해주게. 나는 이제 이곳에 있을 수가 없어. 여기서 무엇을 하라는 건가? 공작은 나에게 잘해준다네. 가능한 일은 다 해주지. 그런데도 마음을 잡을 수가 없네. 공작과 나는 근본적으로 공통점이 하나도 없어. 그는 지성인이야. 그것도 극히 통속적인 지성인이지. 그와 어울리는 것은 이제 아무런 재미도 없어. 차라리 잘 쓴 책을 한 권 읽는 편이 낫지. 앞으로 한 주일만 이곳에 머무르고 다시 길을 떠나야겠네.

여기서 한 일 중에서 가장 큰 수확은 스케치를 한 일이라네. 공작은 예술을 이해하는 사람이긴 하지만 현학적이라는 점이 마음에 들지 않아. 학문에만 얽매이지 않는다면 더 잘 이해할 수 있는 사람인데. 내가 일껏 상상력을 발휘하면서 자연이나 예술의 안내역을 해줘도, 그가 판에 박힌 술어를 휘두르며 그걸로 단번에 해결된 것 같은 표정을 지으면 이따금 이가 갈린다네.

6월 16일

진정 나는 한 사람의 방랑객, 이 지상의 한낱 나그네에 지나지 않는다!

그렇지만 자네들이라고 해서 그 이상의 존재일까?

6월 18일

대체 어디로 가려느냐고? 자네한테만 은밀하게 고백하겠네. 아무래도 앞으로 두 주일은 이곳에 남아 있어야 하겠네. 그다음에는 ××지방의 광산을 방문할 작정이야. 따지고 보면 자신을 기만하는 핑계인데, 요컨대 그런 건 어떻든 상관이 없는 거지. 오직 다시 한번 로테의 곁에 가고 싶다는 것, 이게 전부라네. 나는 나의 마음을 비웃으면서 — 그러면서도 자신의 마음이 원하는 대로 해주지.

7월 29일

아니 그것으로 족하다! 만사가 잘 되어갈 것이다! 내가 그 여자의 남편이라면! 오오, 나를 창조하신 하느님이여, 만일 당신이 그러한 행복을 베풀어주신다면 목숨이 붙어 있는 한 나는 기도를 계속할 것입니다. 나는 호소할 생각은 아닙니다. 나의 이 눈물을 용서해주십시오! 그 사람이 나의 아내! 태양 아래에서 가장 사랑스러운 그 사람을 이 팔로 껴안을 수만 있다면 — 빌헬름이여, 알베르트가 그 가냘픈 몸을 껴안을 때 나의 온몸은 부들부들 떨린다네.

이런 소리를 해도 괜찮을까? 왜 안 되는 거지? 빌헬름, 그 사람은 알베르트보다 나와 결혼하는 쪽이 더 행복했을 거야! 오오, 그는 그녀의 모든 소원을 채워줄 사람은 아니야. 어딘가 감수성이 결여된

데가 있지. 결여 — 이것은 마음대로 해석해주게. 그의 심장은 공감으로 고동치는 일이 없어. 예컨대 좋아하는 책을 읽고 내 마음과 로테의 마음이 하나로 합해지는 경우에도, 또한 제삼자의 행위에 서로 자기의 기분을 이야기하는 경우에도 말이야. 사랑하는 빌헬름이여! 하기야 그는 마음속으로부터 로테를 사랑하고 있네. 그만큼 강한 사랑이라면 왜 그 보답을 받지 않겠는가!

따분한 사람이 찾아와서 편지가 중단되었네. 눈물은 말랐지만, 마음은 어수선하군. 잘 있거라, 벗이여!

8월 4일

이런 기분이 드는 건 나만이 아니네. 인간은 누구든지 희망에 기만당하고 기대에 배신당하지. 나는 그 보리수 아래에 사는 사람 좋은 아주머니를 찾아갔네. 가장 큰아이가 나한테로 달려왔어. 그 소리에 이끌려서 어머니도 문밖으로 나왔으나 매우 힘들어 보이더군. 그러고는 "나리, 우리 한스가 죽었답니다!" 하는 것이네. 한스는 막내아이야. 할 말이 없었지.

"게다가 주인도요. 스위스에서 돌아왔지만 알거지꼴이 되었고, 친절한 분들이 없었더라면 동냥질을 하면서라도 와야 할 판이었답니다. 도중에 열병을 앓았대요."

나는 위로할 말이 없어 아이에게 얼마인가를 주었네. 그러자 사과를 좀 받으라고 아주머니가 권하기에 받아가지고는 그 슬픈 추억의 장소를 떠났어.

8월 21일

마치 손바닥을 뒤집듯 나의 기분은 돌변하네. 때로는 인생의 즐거움에 찬 눈길이 어렴풋하게 느껴지는 때도 있으나, 아아, 그것도 한순간에 지나지 않는다네! 이렇게 몽상에 잠겨 있으면 그만 어떤 한 가지 생각에 사로잡혀 버리지. 만일 알베르트가 죽는다면? 틀림없이 내가! 그렇다. 그녀도…… 나는 다시 이 망상을 뒤쫓다가 끝내 심연(深淵)의 벼랑까지 와서 멈춰선다네.

성문을 나서서 거리로 나갔네. 이 길은 로테를 무도회에 데려가기 위해 처음으로 마차를 몰았던 길인데 너무나 변해 있었네! 모든 것이 다 지나가버렸어! 그 무렵의 모습은 흔적도 없이. 그 무렵의 내 감정의 맥박도 이제 느낄 수 없네. 마치 불타버린 성으로 돌아온 망령 같은 기분이야. 한때 전성기를 구가한 영주로서 성을 쌓고 영지에서 온 온갖 헌상물로 장식하여 임종 시에 사랑하는 아들에게 희망을 걸고 떠난 성이 완전히 잿더미로 변해버린 폐허에 망령이 되어서 되돌아온 느낌이네.

9월 3일

나는 이따금 이해할 수 없을 때가 있네. 어찌하여 다른 남자가 그녀를 사랑할 수가 있으며, 사랑하는 일이 허용되는가? 내가 이토록 한결같이 오로지 그녀만을 진심으로 완전하게 사랑하여, 그녀 이외에는 아무것도 모르고 아무것도 이해하지 않고 아무것도 가진 것이 없는데도 말이야!

9월 4일

 그렇지, 그런 법이네. 자연이 가을 냄새를 풍기면 나의 마음도 나의 주위도 가을이 되지. 나의 잎사귀도 누렇게 시들고 이웃의 나무들도 이미 단풍이 졌네. 내가 이곳에 온 지 얼마 안 되어 어떤 젊은 하인 이야기를 한 적이 있었지. 또다시 바르하임에서 그 남자의 일을 물었어. 그는 주인집에서 쫓겨났다는데 그 이상은 누구에게 물어도 모르는 체할 뿐이었네. 어제 우연히 다른 마을로 가는 도중에 그 남자를 만났어. 말을 걸자 그가 자기 이야기를 들려주었는데 나는 매우 마음이 아팠다네. 그 이야기를 자네한테 들려준다면 자네도 당장 이 기분을 이해할 거야. 그러나 무엇 때문에 자네에게 이야기해야 한단 말인가? 불안이나 고민이 있다면 어째서 자기 가슴에 감추어두지 못할까? 왜 자네까지 번민하게 하는가? 어째서 나를 동정하고 꾸짖을 기회를 자네에게 주는 것일까? 하여간 이것도 나의 운명인가 보지!

 처음에 그 남자는 슬픈 표정으로 조금 부끄러워하며 나의 물음에 조용히 대답했으나, 어느 순간부터는 나라는 인간을 눈치챈 듯 전보다 솔직하게 자기의 잘못을 고백하고 불행을 호소했네. 벗이여, 그의 말을 낱낱이 전달해서 자네의 판단에 맡길 수 있다면 참 좋을 텐데! 그는 고백했지. 아니, 돌이켜 생각하는 게 기쁘고 즐겁다는 태도로 이야기하기 시작했어. 여주인에 대한 정열이 날이 갈수록 불타올라서 드디어는 자기가 무엇을 하고 있는지도 모르게 되었는데, 그의 표현을 빌리면 어디로 머리를 돌려야 할지조차 모를 지경이 되었다는 거야. 먹지도 마시지도 자지도 못하게 되었고, 목이 콱 막힌 듯 되어서 해서는 안 될 일을 하기도 하고 시키는 일을 잊어버리기도 했다는 걸세. 마치 악마에게 혼을 빼앗긴 것처럼 되어 마침내 그는 어느 날인가 여주인이 방에 혼자 있는 걸 알고 뒤를 따랐다네. 아니, 이끌려갔지. 아무리 청을 해도 허락하지 않았으므로 마침내 완력으로 자기 것을 만들려고 했다는 것이네. 어떻게 그런 일을 저질렀는지 그도 모른다네. 하느님께 맹세하지만, 여주인에 대한 그의 생각은 어디까지나 진지한 것이었어. 결혼하여 자기와 함께 일생 동안 살아달라고 하는 거짓 없는 열망이었던 거지.

한참 이렇게 이야기하고 있는 사이에 그는 더듬거리기 시작했어. 아직 할 말이 남아 있는데 아무래도 선뜻 말을 못 꺼내는 듯한 태도였네. 마침내 그는 수줍어하며 여주인은 자기에게 다소의 친숙함을 허용하고 있었고, 어느 정도 가까이 가도 탓하지 않았다고 털어놓았어. 이렇게 말하면서 그는 여러 번 이야기를 중단하면서, 자기가 이런 말을 하는 것은 결코 여주인을 나쁜 사람으로(라는 표현을 그는 사용했는데) 만들기 위해서가 아니며, 자기는 그 사람을 지금도 변함없이 사랑하고 존경한다고 열심히 변명을 늘어놓더군. 또한 이런 말은 아직 입 밖에 낸 적이 없지만, 자기가 결코 미치지 않았다는 걸 믿어주길 바라기 때문에 나에게만 이야기하는 거라고 했네. 벗이여, 여기서 나는 다시 영원히 불러도 그치지 않는 그리운 노래를 되풀이하겠네. 이 남자를 자네 앞에 세우고 싶어. 내 앞에 아직도 서 있는 모습 그대로 말이야! 모든 것을 잘못됨이 없이 자네에게 전할 수만 있다면, 얼마나 내가 그의 운명에 공감하고 있는가, 아니 공감하지 않을 수 없는가를 자네도 이해할 수 있게 될 거야. 그러나 이제 그만두세. 자네는 나의 운명을 알고 있네. 나라는 인간까지 알고 있어. 그러므로 어째서 내가 모든 불행한 사람들에게 이끌리는지, 자네는 거울을 들여다보듯 환히 알고 있겠지.

편지를 다시 읽어보고 이야기의 결말을 미처 쓰지 못한 것을 발견했네. 그러나 그건 쉽사리 짐작할 수 있는 결말이네. 여주인은 하인에게 저항했어. 승강이를 하는 도중에 그녀의 동생이 왔고. 그는 이 하인을 전부터 싫어하여 집에서 내보내려고 생각하고 있었다는군. 누나에게 아이가 없는 현재로서는 누나의 유산이 자기 아이들에게 돌아올 희망이 있지만, 누나가 재혼하면 그 유산이 날아가버리지 않을까 겁이 났기 때문이지. 그래서 이 동생은 하인을 당장 내쫓고 이 사건의 소문을 퍼뜨렸기 때문에, 여주인은 설령 그런 마음이 있었다 해도 이제 그를 집에 들여놓을 수 없게 되었던 걸세. 여주인은 또 다른 하인을 고용했는데, 이 남자를 둘러싸고 또 동생과 싸움을 하고 있다고 하네. 소문에 의하면 그녀가 지금의 하인과 결혼할 것 같은데, 그렇게 된다면 자기는 살아 있지 않겠다고 굳게 결심하고 있노라고 그는 말했네.

자네한테 이야기한 것에 과장은 없네. 어느 것 하나도 더 보태지 않았어. 아니 오히려 깎고 깎아서 적었다고 해도 될 것이네. 그러나 세상에 흔히 있는 도덕 교과서식의 관용어를 사용해서 이야기했기 때문에 거칠어지고 말았군.

그러므로 이 사랑, 이 순정, 이 정열은 문학적 창작이 아니네. 우리가 교양이 없다든가 무지하다고 부르고 있는 계급의 사람들 사이에 가장 순수한 모습으로 살아 있네. 바로 지금도 존재하고 있지. 우리들 교양인은 잘못된 교양을 받아서 무익한 인간으로 변모하고 말았어. 이 이야기를 제발 진지한 마음으로 읽어주게, 부탁이야. 이 글을 썼기 때문에 오늘 내 마음은 평온하네. 글씨를 보면 알아차리겠지만, 여느 때처럼 뛰어넘거나 휘갈겨 쓰지도 않았지. 읽어주게, 벗이여. 그리하여 심사숙고해주게. 이것이 바로 자네의 친구가 부딪히고 있는 일이네. 확실히 나도 이런 식이었어. 앞으로도 그럴 것이네. 다만 나는 이 불행한 사나이에 비해 그 절반도 확고하지 않고 그 절반도 결연하지 않다네. 비교해볼 기분도 나지 않는군.

9월 5일

로테는 시골에 있는 남편 앞으로 편지를 썼네. 알베르트는 일이 있어서 시골에 가 있었거든. 서두는 이러했네.

"그립고 사랑하는 당신, 될 수 있는 대로 빨리 돌아와주세요. 천만 가지 즐거움을 가지고 기다리고 있습니다."

그때 어떤 친구가 찾아와서 알베르트는 무슨 사정이 생겨 빨리 돌아올 수 없다는 소식을 전해주었다는군. 그래서 이 편지는 보내지 않았고 저녁에 내 손에 들어오게 된 것이네. 나는 편지를 읽고 빙긋이 웃었어. 왜 웃느냐고 로테는 물었지.

"상상에 빠질 수 있다는 건 정말 하느님께서 주신 선물이군요" 하고 나는 소리쳤네.

"순간적으로 나는 이 편지가 내 앞으로 쓴 편지라고 생각했지요."

그녀는 입을 다물었어. 기분이 상한 것 같았지. 나도 잠자코 있었네.

9월 6일

좀처럼 결심하지 못하다가, 로테와 처음 춤추었을 때 입었던 그 산뜻한 청색의 프록코트를 드디어 벗어버리기로 했네. 지금은 완전히 낡아버려서. 그리고 깃도 소매 끝도 똑같은 걸 한 벌 지었네. 노란 조끼와 바지도 같이.

만들어놨지만 아무래도 마음에 쏙 들지 않는군. 어쩐 일인지는 모르겠지만— 그런대로 차츰 마음에 들게 되겠지.

9월 12일

로테는 알베르트를 맞이하러 2, 3일 동안 여행을 떠나 있었네. 오늘 그녀의 방에 들어가니까 그녀는 마침 나를 맞이하러 나오는 중이었어. 나는 기쁨에 넘쳐서 그녀의 손에 키스했지. 화장대 있는 데에서 카나리아가 한 마리 날아와서 그녀의 어깨에 앉았네.

"새로운 친구예요."

그녀는 말하고 나서 새를 자기 손바닥 위로 불러 앉혔네.

"아이들에게 줄 선물이에요. 아주 귀여워요! 보세요! 빵을 주면 날개를 파닥이며 얌전하게 쪼아먹어요. 저에게 키스도 해요, 보세요!"

이렇게 말하고 입을 가까이 가져가니까 새는 참으로 사랑스럽게 그녀의 아름다운 입술 속으로 부리를 끼워 넣었네. 새도 그 행복을 진정으로 이해하고 맛보는 것 같았지.

"당신한테도 키스하게 해드리지요."

그녀는 말하고 나서 새를 나한테 넘겼어— 그 작은 부리는 그녀의 입과 내 입에 다리를 놓았지. 내 입술을 쪼는 감촉은 사랑에 가득 찬 즐거움의 숨결, 하나의 예감과 같았네.

"이 새의 키스는" 하고 나는 말했어.

"무엇인가 바라고 있는 것 같군요. 먹이를 먹고 싶어 하고 있어요. 알맹이가 없는 애무에는 싫증이 나서 돌아갈 겁니다."

"제 입으로 물어주어도 먹어요."

로테는 이렇게 말하면서 빵조각 두서너 개를 입에 물고 새에게 먹였네. 천진한 사랑의 기쁨에 취해 입가에 미소를 지으면서.

나는 얼굴을 돌렸어. 그녀는 이러한 짓을 해서는 안 되네. 이같이 더없는 순진과 행복의 광경을 나에게 보여서 나의 상상력을 자극해서는 안 된단 말일세!—그러나 왜 안 될까?—그녀는 이렇게까지 나를 믿고 있는 것이네! 나의 깨끗한 사랑을 그녀는 알고 있는 것이지.

9월 15일

빌헬름이여, 이 지상에서 가치 있는 것은 적은데, 그 적은 것에 대해서마저 감각도 감정도 가지고 있지 않은 인간이 있다고 생각하면 미칠 것 같네. 자네도 알고 있는 그 호두나무—성(聖)××마을의 인품 좋은 목사 집에서 로테와 같이 그 그늘에 앉아 있곤 했던 훌륭한 호두나무, 언제나 나의 영혼을 큰 기쁨으로 채워주었던 그 호두나무! 그 나무들이 있었기에 그 목사관이 그토록 정답고 그리웠네.

얼마나 시원했던가! 굵은 가지를 뻗어 참으로 당당했지. 옛날에 그것을 심었던 성실한 목사들의 일까지 생각나네. 학교 선생님은 할아버지에게 들은 일이라고 하며, 그 목사들 중 한 사람에 대한 이야기를 자주 들려주었네. 훌륭한 사람이었어. 나무 그늘에 서서 그 사람에 대한 추억에 잠기는 것은 언제나 은혜로웠지. 어제 모두들 모여서 그 나무가 잘려버렸다는 이야기를 주고받았을 때 그 선생님의 눈에는 눈물이 글썽거렸어 — 잘려버린 거네! 미칠 것 같아. 그 나무에 최초의 도끼질을 한 인간을 때려눕히고 싶어. 이런 나무가 우리 집에 두서너 그루 있어서, 그중 한 그루가 늙어서 말라버렸다고 해도 슬퍼서 몸이 바싹바싹 마를 지경이 되는 내가 가만히 바라보고 있어야 한다니.

그렇지만 한 가지 수확은 있네. 인간의 감정이라는 것! 온 마을이 불평을 하기 시작했어. 목사 부인은 자기가 이 마을에 어떤 상처를 입혔는가를, 버터와 달걀 그 외의 선물이 적어진 걸 보고 알아차릴 걸세. 왜냐하면 이 여자, 신임 목사(그 노목사도 세상을 떠났다)의 마누라야말로 이 모든 일의 범인이네. 비쩍 마른 병약한 여자로 세상일에는 아무런 관심도 없지. 자기가 누구의 관심도 사지 못하므로 아주 당연한 일이긴 하지. 게다가 학자처럼 구는 잘난 척은 성서 정전(正典)의 연구에 달려들어 최신 유행의 도덕적 비판적 기독교 개혁에 열을 올리기도 하고, 라바터의 광신적(狂信的) 태도에 어깨를 으쓱하는 등 육체가 완전히 병들었기 때문에 하느님이 창조하신 이 지상에서는 아무런 즐거움도 모른다네. 이런 속물이기 때문에 그 호두나무를 벨 수도 있었던 걸세.

나는 아무래도 마음이 가라앉지 않는군! 자네도 생각 좀 해보게— 나뭇잎이 떨어져서 우리 집이 더럽게 됩니다, 지저분해집니다, 이 나무는 우리들로부터 햇빛을 빼앗아갑니다, 열매가 열리면 사내아이들이 돌멩이를 던집니다, 그게 나의 신경을 건드립니다, 모처럼 케니코트*와 젬레르**및 미하엘리스***를 비교 검토하고 있을 때 깊은 사색을 흩어버립니다, 하는 따위가 그 이유야. 마을 사람들, 특히 노인들이 매우 불만스러워하는 것 같았기 때문에 나는 "왜 가만히 보고만 있습니까?" 하고 물어보았네.

"이곳에서는 촌장님이 그럴 생각이라면" 하고 그들은 말했어.

"어떻게 해볼 도리가 없지."

그러나 속 시원한 일이 하나 있었네. 목사는 망상가인 마누라 덕분에 맹물 같은 수프만 마시고 있었는데, 그걸 보충하려고 촌장과 모의하여 호두나무 대금을 나누어 먹으려고 했네. 그러자 재무국이 그것을 알아내어 "당국에 납입하라!"고 했지. 목사관의 호두나무가 서 있는 곳은 재무국에 관리권이 있었거든. 결국 호두나무는 재무국이 제일 비싼 값을 내는 사람에게 팔았네. 호두나무는 아직도 그곳에 쓰러져 있네! 아아, 내가 만일 영주라면! 나는 목사 부인도 촌장도 재무국도— 영주라면! —아니, 내가 만일 영주라면 영내의 나무 따위에 신경이나 쓰겠는가!

---

*   Benjamin Kennicott, 1718~1783. 영국의 신학자

**   Johann Salomo Semler, 1725~1791. 독일의 신학자

*** Johann David Michaelis, 1717~1791. 독일의 신학자

10월 10일

그 사람의 검은 눈동자를 보는 것만으로도 나는 행복하다네! 그런데도 화가 나는 건, 알베르트가 기대한 것보다—내가 만일 ××였더라면 ××였을 것이다 하고 믿었던 것보다 별로 행복해 보이지 않는다는 것이네. 나는 문장 속에 이런 ×× 따위를 쓰고 싶지 않지만, 이런 경우에는 이렇게밖에 내 기분을 나타낼 도리가 없네.

이걸로 충분히 알 수 있겠지.

10월 12일

오시안이 내 마음속에서 호메로스를 밀어내버렸네. 이 훌륭한 사람은 황홀한 세계로 나를 데려다주네! 피어오르는 안개 속의 몽롱한 달빛을 받으며 조상들의 영혼을 이끄는 비바람 속에서 오시안은 황야를 방황하네. 숲의 흐름이 우렁찬 산맥 속으로부터 들려오는 것은 동굴에 사는 영혼들의 목소리, 비바람에 아스라이 꺼져가는 신음하는 목소리네. 고귀한 죽음을 바친 가장 사랑하는 사람이 잠들어 있는 풀섶, 그에 파묻힌 이끼 낀 네 개의 묘석을 부여잡고 숨이 넘어가듯 통곡하는 처녀의 애달픈 목소리. 거기에 백발이 성성한 방랑의 시인이 나타나서 끝없는 황야로 선조들의 발자취를 찾아가는 동안, 아아! 드디어 그 묘석을 발견하지. 애도하면서 울부짖는 물결 사나운 바다와 저 멀리 가라앉는 정다운 저녁 별을 우러러볼 때, 이 용감한 사람의 가슴에는 지난날의 모습이 생생히 되살아나네. 바로 그때 아직도 두려움을 모르는 자들의 앞길에 위험을 비추어주는 친절한 빛이 있었어. 화환으로 장식한 채 돌아오는 개선의 배에 빛나는 달빛이 있었지. 이마에 깊은 고뇌의 그림자를 새긴 채 남겨진 이 최후의 용사는 지칠 대로 지쳐서 비틀거리며 무덤으로 간다네. 그는 지금은 사라진 사람들의 몽롱한 추억 앞에서 새삼스러운 기쁨과 고통에 불타오르는 환희를 호흡하며, 바람에 나부끼는 키 큰 풀의 차가운 대지를 내려다보며 소리치네.

"방랑하는 사람이 올 것이다. 아름다웠던 날의 우리를 아는 사람이 올 것이다. 그리하여 물을 것이다.

'그 가인(歌人)은 어디 있는가, 핑가르의 천재는 어디 있는가?'

방랑하는 사람의 걸음은 내 무덤 위를 지나간다. 그는 이 지상에서 나를 찾아 헤매도 아무 소용이 없을 것이다."

오오, 벗이여! 나도 그 기품 있는 무사처럼 당장에 칼을 빼어 들고 싶네. 그리고 천천히 죽어가는 생명의 아릿한 고통에서 우리의 주(主) 오시안을 일거에 해방시키고 이 해방된 반신(半神)의 뒤를 쫓아서 나 또한 죽어가고 싶네.

10월 19일

아아, 이 공허! 이 내 가슴속에서 느끼는 이 무서운 공허! — 이따금 나는 생각한다네. 단 한 번, 단 한 번만이라도 이 가슴에 그 사람을 껴안을 수만 있다면 이 공허를 남김없이 채울 수가 있을 텐데 하고.

10월 26일

그렇네. 벗이여, 한 여자의 존재 따위는 보잘것없네. 정말 아무것도 아니야. 확실하네. 아니, 점점 더 의심할 바 없는 것이 되지. 로테한테 여자 친구가 찾아왔어. 나는 책을 가지러 옆방으로 갔지. 그러나 책을 읽을 마음이 들지 않아 무엇이든 써보려고 펜을 잡았네. 여자들이 소곤소곤 이야기하고 있는 소리가 들려왔어. 거리에서 일어난 새로운 사건 같은 별것 아닌 것을 이야기하더군. 그 사람이 결혼을 한다든가 그분이 앓아누워서 중태라든가 등등.

"그분은 심하게 마른기침을 해요. 이제 뼈만 앙상하게 남아서 혼수상태에 빠지는 일도 있대요. 얼마 살지 못할 모양이에요."

그 여자가 말했어.

"××씨도 굉장히 아프대요"라고 로테가 말했지.

"이제 부종(浮腫)이 생겼다는군요" 하고 상대가 받았어.

나는 왕성한 상상력 덕분에 이러한 불쌍한 사람들의 병상 곁에 있는 것 같은 느낌이 들었네. 내게는 그들의 모습이 생생히 떠올랐어.

그들은 얼마나 비참한 마음으로 인생에 등을 돌리고 있는가, 또 얼마나—빌헬름이여, 그런데도 그 여자들의 말투는 세상 사람이 전혀 모르는 사람이 죽었을 때 이야기하는 말투와 똑같았네.

나는 주위를 둘러보고 새삼스럽게 그 방을 바라보았어. 주위에는 로테의 옷, 알베르트의 서류, 그리고 아주 친숙해진 가구들과 잉크병들이 있었네. 그리고 나는 생각했지.

'너는 이 집에서 무엇인가! 바로 이렇다. 너의 친구들은 너를 존경하고 있다! 때로는 너도 그들을 즐겁게 해준다. 그리하여 그들이 없으면 살아가지 못할 것 같은 기분이 된다. 그래도 — 만일 네가 가버린다면, 이 무리 속에 빠져버린다면? 그렇게 되면 네가 없어짐으로써 그들은 그들의 운명 속에 생긴 공백을 언제까지 느낄까? 얼마나 오래?'

오오, 인간이란 참으로 덧없는 것이네. 인간은 자기의 존재를 정말로 확인할 수 있는 곳, 자기의 현존을 정말로 인상 깊게 남길 수 있는 유일한 장소, 즉 자기가 사랑하는 사람들의 추억이나 그 영혼마저도 덧없이 사라져가야만 하는 것이지. 그것도 순식간에.

10월 27일

인간끼리 이렇게도 냉담해질 수 있을까, 하고 생각하면 스스로 내 가슴을 쥐어뜯고 머리를 받아 깨뜨리고 싶어지곤 하네. 사랑도, 기쁨도, 친절도, 황홀도 내가 상대에게 베풀지 않으면 상대도 나에게 베풀지 않을 테지. 그리고 자기 가슴이 행복에 넘쳐 있더라도 자기 앞에 차갑고도 무기력하게 서 있는 자를 행복하게 해줄 수는 없을 걸세.

밤

내게는 이토록 많은 것이 있네. 하지만 그 사람을 생각하는 마음은 모든 것을 삼켜버리지. 나는 이토록 많은 것을 가지고 있네. 하지만 그녀가 없으면 모든 것은 무(無)라네.

10월 30일

나는 벌써 몇백 번이나 그녀를 껴안으려고 했어. 이토록 사랑스러운 모습이 눈앞에 어른거리는 걸 보면서도 그걸 붙잡으려고 손을 뻗치는 게 허락되지 않는 그 기분이 어떤 건지 하느님은 아실 테지. 붙잡으려고 손을 내미는 건 인간의 극히 자연스러운 본능이네. 아이들은 눈에 띄는 건 무엇이든지 붙잡으려고 하지 않는가? 그런데 나는?

11월 3일

이건 거짓말이 아니야! 나는 몇 번이고 몇 번이고 다시 눈을 뜨지 않도록 해달라고 기원하면서, 아니 때로는 그렇게 되기를 기대하면서 잠자리에 드네. 날이 새면 눈을 뜨고 다시 태양을 보네. 그러고는 비참한 심정이 되지. 내가 좀 더 변덕스러울 수만 있다면, 날씨나 제삼자 또는 일의 실패 따위에 그 탓을 돌릴 수만 있다면 견딜 수 없는 이 불쾌감의 무거운 짐도 절반은 가벼워지리라. 그러나 슬프게도 죄는 모두 나 한 사람에게 있다는 걸 나는 너무도 분명하게 느끼고 있네 — 아니 죄가 아니다! 요컨대 모든 불행의 원천은 나의 이 가슴에 깃들어 있어. 모든 행복의 원천이 깃들어 있던 이 가슴에 말일세. 일찍이 정감이 흘러넘치고 걸음마다 천국에 가까운 사랑으로 온 우주를 포옹하는 마음을 가졌던 나와, 이 비탄에 빠지고 메마른 심정에 부서져버릴 듯한 지금의 나는 같은 사람이 아닌가? 그러나 그 마음도 지금은 죽어버렸네. 이제 어떠한 환희도 흘러나오지 못해. 눈물도 이젠 바싹 말라서 이미 나의 감각은 눈물로 소생될 수 없고, 불안한 생각으로 나의 이마에는 주름만 는다네. 나는 괴롭네. 내 삶의 유일한 기쁨이었던 것을 잃었으니. 그 힘은 사라져버렸네. 나의 창문을 통하여 아득한 언덕을 바라다보면 언덕 너머에서 나타난 아침해는 안개를 뚫고 고요한 초원을 비추고 있네. 완만한 강물은 잎이 진 버드나무 사이를 굽이쳐 이쪽으로 흘러오지 — 오오, 이처럼 아름다운 자연도 나의 눈에는 마치 니스 칠을 한 한 장의 그림처럼 굳어버린 풍경에 지나지 않네. 이제 어떠한 기쁨도 나의 심장으로부터 한 방울의 기쁨을 퍼 올려 그걸 뇌까지 올려보내지 못하네. 사내대장부가 마치 물 마른 샘이나 금 간 물동이같이 메말라서 하느님 앞에 서 있는 것이지. 나는 때때로 땅바닥에 몸을 던지고 눈물을 내려달라고 하느님께 기원했네. 머리 위의 하늘이 청동처럼 닫히고 주위의 대지가 메말라 죽어갈 때 농부가 비를 기원하듯이 말이야. 그러나 아아, 아무리 열심히 빌어도 하느님은 비도 햇빛도 내리시지 않네. 나는 그걸 잘 알고 있네. 생각만 해도 가슴이 막히는 그 흘러간 나날이 그렇게도 행복했던 건 조용히 참으며 성령을 기다리고 신이 내게 베푸는 환희를 마음속에서 우러나는 감사로 받아들였기 때문일 걸세.

11월 8일

그녀는 나의 무절제를 나무랐네! 아아, 그렇게도 부드럽게! 절제가 없다는 건 한 잔의 포도주에서 시작해 그만 병을 비워버리는 버릇을 말하는 거지.

"그런 짓을 해서는 안 돼요!"

그녀는 말했어.

"로테를 좀 생각해주세요!"

"생각하라구요?"

나는 말했어.

"왜 내게 그렇게 명령하지요? 물론 생각하고 있지요! 아니, 생각 같은 건 하지 않아요! 언제든지 당신은 내 앞에 있기 때문이죠. 오늘도 나는 전에 당신이 마차에서 내리신 곳에 앉아 있었는데……."

그녀는 더 이상 깊이 들어가지 않으려고 화제를 돌렸어. 벗이여, 나는 이미 빈 껍데기다! 그녀가 시키는 대로 할 뿐이네.

11월 15일

빌헬름이여, 진심어린 자네의 동정과 호의에 찬 충고에 감사하네. 그러나 부디 안심해주게. 나는 견디어나갈 작정이야. 살아가는 일에 아무리 지쳐 있더라도 아직 밀고 나갈 만한 힘은 있네. 나는 종교를 숭배해. 그건 자네도 알고 있는 대로지. 종교는 숱한 피폐한 자에게는 지팡이고 많은 쇠약해진 자에게는 회생의 물줄기라는 걸 나는 알고 있네. 다만― 종교는 과연 누구에게나 그렇게 해줄 수 있는가, 그렇게 해주지 않으면 안 되는가? 넓은 세상을 훑어보면, 설교를 듣고 안 듣고에 관계 없이 종교의 영향을 받지 않은 사람, 받지도 않을 사람들이 수없이 많아. 그런데도 종교가 나에게 반드시 지팡이가 되고 회생의 물줄기가 되어줄까? 하느님의 아드님께서도 말씀하지 않았는가. 자기 주위에 모이는 것은 아버지께서 자기에게 내려주신 사람들이라고. 그런데, 만일 내가 하느님의 아드님께 주어진 인간이 아니라면? 내 마음이 몰래 나에게 속삭이는 것이지만, 만일 이 아버지이신 하느님이 나를 그 곁에 붙잡아두실 생각이시라면? 제발 오해하지 말게. 이런 소박한 말을 비웃는 거라곤 생각하지 말아주게. 나는 진심으로 말하고 있다네. 그렇지 않다면 오히려 나는 입을 다물고 있었을 거야. 실제로 나는 자신만이 아니라 누구라도 알 수 없는 일에 대해서는 입을 열고 싶지 않기 때문이네. 자신의 처지를 어디까지나 참고 견디며 자신의 잔을 비우는 것, 이것이 인간의 운명이라는 것이 아닐까? 천상의 하느님마저도 인간으로 현신하신 그 입술에 이 잔은 너무 쓰다고 느끼셨는데, 내가 왜 허세를 부려서 사뭇 달콤한 시늉을 해 보일 필요가 있는가? 나의 온 생애가 삶과 죽음 사이에 서서 전율하고, 과거가 어두운 심연을 넘어 밝은 빛처럼 미래를 비추며, 나를 에워싼 모든 존재가 나락(奈落)으로 떨어져가서 자신과 함께 세계가 몰락한다는 이 무시무시한 순간에 어찌 부끄러울 것이 있겠는가? 바싹 추적당하여 의지할 곳 없이 끊임없이 추락해갈 때, 기어오르려고 헛되이 몸부림치는 그 무력함 때문에 이를 갈며 "하느님, 하느님! 왜 저를 버리시나이까?" 하고 부르짖는 그 목소리야말로 피조물인 인간의 목소리가 아니겠는가?

그렇다면, 내가 왜 그러한 말을 부끄러워하겠는가, 그러한 순간에 겁을 집어먹겠는가? 하늘을 한 폭의 헝겊처럼 둘둘 말아올리는 하느님의 아드님마저 그 순간으로부터 피할 수는 없지 않았는가.

11월 21일

그녀는 나도 자기 자신도 멸망시킬 독약을 조제하고 있네. 그러나 그녀는 그것을 깨닫지도 느끼지도 못한다네. 나는 그녀가 건네주는 파멸의 잔을 즐거움에 넘쳐서 황홀하게 비우지. 그 은근한 눈길은 무슨 뜻일까? 나를 때때로 — 때때로? — 아니, 때때로가 아니야. 그러나 이따금 바라보는 그 눈길은, 뜻하지 않고 내뱉는 내 감정의 표현을 받아주는 그 부드러움은, 그녀의 이마에 아로새겨진 나의 괴로움을 향한 그 동정은, 과연 무엇일까? 어제 돌아올 때도 그녀는 나에게 팔을 내밀며 말했어.

"잘 가세요, 사랑하는 베르테르!"

사랑하는 베르테르! 그녀가 나를 이렇게 부른 건 이게 처음이었어. 그말은 나의 뼈마디에 스며들었네. 나는 그걸 백 번이나 되풀이했네.

어젯밤 잠자리에 들면서 온갖 혼잣말을 지껄이던 끝에 나는 느닷없이 "잘 자요, 사랑하는 베르테르!" 하고 말해버렸네. 말을 하고 나서 쑥스러워 웃지 않을 수 없었네.

11월 22일

"그 사람을 나에게 내려주소서!"

나는 이렇게 기원할 수는 없네. 그런데도 이따금 그녀가 내 사람인 듯한 생각이 들어.

"그 사람을 나에게 내려주소서!"

나는 이렇게 기원할 수는 없네. 그녀는 다른 남자의 사람이기 때문에. 나는 자기 고통을 얼버무려서 온갖 이유를 붙이네. 이대로 내버려둔다면 명제와 반명제의 끝없는 되풀이가 되겠지.

11월 24일

내가 괴로워하고 있는 걸 그녀는 잘 알고 있어. 오늘 그녀의 눈길은 내 가슴 깊숙이 스며들었네. 로테는 혼자 있었어. 나는 아무런 말도 하지 않았지. 그녀는 나를 바라보았어. 나는 이미 그 영혼 속에서 친절함도, 아름다움도, 뛰어난 정신의 빛도 보지 않았네. 그건 모두 눈앞에서 사라져갔네. 더욱더 황홀한 눈길, 더욱더 진정한 교감, 더욱더 감미로운 생각에 가득 찬 눈길이 나의 가슴을 휘저었네. 나는 왜 그녀의 발치에 몸을 내던질 수 없었던가? 왜 그녀의 목덜미에 키스의 비를 뿌리고 매달릴 수가 없었던가? 그녀는 피아노가 있는 곳으로 피해 가서 피아노를 치며 달콤하고 나직한 목소리로 황홀한 노래를 불렀어. 그녀의 입술이 그렇게도 아름답게 보였던 적은 없었네. 그녀의 입술은 악기에서 솟아나는 그 감미로운 곡조를 들이마시기 위해 열려 있는 듯했고, 그리하여 이 청순한 입에서 메아리가 살며시 되돌아오는 것 같았다네. 아니, 이런 걸 자네한테 말해보았자 무슨 소용이 있겠나! 나는 더 이상 견딜 수가 없어서 고개를 숙이고 맹세했네.

"입술이여, 그 위에 하늘의 영혼들이 춤추는 입술이여! 나는 이제 그대에게 입을 맞추는 따위의 황송한 짓은 삼가겠노라."

그런데도 — 나는 지치지도 않네 — 아아! 걷잡을 수 없는 이 초조함은 단단한 벽이 되어 나의 영혼 앞을 가로막고 있네. 이 행복을 내 것으로 한다면 — 그런 다음에 이 죄에 속죄하기 위하여 파멸하고 싶다 — 그것이 죄일까?

11월 26일

때때로 자신에게 말하지.

"네 운명은 비할 데가 없다. 다른 사람들은 행복하다 — 이렇게까지 괴로워하는 자는 없었다."

그러고는 옛시인의 시를 읽네. 마치 내 마음속을 들여다보는 것 같아. 나는 많은 괴로움을 견디어야 한다! 아아, 옛사람도 이처럼 비참했던가?

11월 30일

나는, 나는 이제 제정신으로 돌아갈 수는 없는 듯하네! 어디를 가나 영문을 알 수 없는 일과 마주쳐서 당황하고 만다네. 오늘도! 오오, 운명이여! 오오, 인간이여!

점심때 강가를 걸었네. 식욕은 전혀 없었지. 모든 게 다 황량하고, 비를 머금은 차갑고 눅눅한 서풍이 산에서 불어와 회색의 비구름이 골짜기 쪽으로 흘러가고 있었어. 저 멀리 낡은 녹색 윗도리를 입은 한 사나이가 보였는데, 바위 사이를 기어 다니면서 약초를 찾고 있는 것 같았네. 내가 가까이 가자 소리를 듣고 그가 돌아보았는데 참으로 묘한 인상(人相)이었어. 조용한 슬픔이 어린 것 외에 솔직하고 마음 착한 면도 보였네. 검은 머리를 두 가닥으로 둥글게 말아서 핀을 꽂고 나머지는 굵게 땋아서 등에 늘어뜨렸더군. 옷차림으로 보아 신분이 낮은 사람처럼 보였기 때문에 그가 하고 있는 일에 주의를 기울인다 해도 기분 상해하지 않을 거로 생각되었네. 그래서 나는 무엇을 찾고 있느냐고 물었지.

"내가 찾고 있는 건 꽃이오. 그러나 눈에 띄지 않는군요."

그는 한숨을 깊이 쉬면서 대답했네.

"철이 아니지 않소" 하고 미소를 지으면서 나는 말했지.

"꽃은 듬뿍 있어요."

그는 내게로 내려오면서 말했네.

"우리 집 뜰에는 두 종류의 장미와 인동덩굴이 있죠. 하나는 아버지가 주셨는데 잡초처럼 무성해요. 나는 벌써 이틀째나 찾아다니고 있는데 보이지 않아요. 이 근처에는 언제든지 꽃이 있었어요. 노랑, 파랑, 빨강이 듬뿍. 자주쓴풀도 예쁜 꽃인데, 하나도 보이지 않는군요."

나는 왠지 섬뜩해져서 넌지시 물어보았네.

"그 꽃을 어쩔 작정이오?"

묘한 미소 때문에 그의 얼굴이 일그러졌어.

"이봐요, 비밀을 지켜야 해요."

손가락을 입에 대면서 그는 말했네.

"애인에게 꽃다발을 바치겠다는 약속을 했죠."

"좋겠군요" 하고 나는 말했어.

"그녀는 다른 건 다 가지고 있죠. 부자거든요."

"그래도 당신 꽃다발이 기쁠 거요" 하고 나는 대답했네.

"아아, 보석도 있고 관(冠)도 있어요."

"그 사람의 이름은 뭐죠?"

"네덜란드 정부가 내게 봉급을 주려고만 했으면" 하고 그는 딴전을 부렸네.

"이렇게는 되지 않았을 거요! 내게도 행복했던 시절은 있었죠! 지금은 다 틀렸소. 나는 지금……."

하늘을 바라보는 이슬 맺힌 눈이 모든 걸 말해주었지.

"그럼, 당신은 행복했었소?"

나는 물었네.

"아아, 다시 그렇게 될 수 있다면 좋겠어요."

그가 말했어.

"굉장히 행복하고, 굉장히 유쾌하고, 굉장히 편해서 마치 물 속의 물고기 같았지요!"

"하인리히!" 하고 부르는 소리가 나고 어떤 노파가 이쪽으로 왔네.

"여기 있었구나. 많이 찾았단다. 식사하러 가자."

"당신 아들입니까?"

나는 다가가면서 물었어.

"예, 불쌍한 아들이지요!"

노파가 대답했네.

"하느님은 나에게 무거운 십자가를 지워주셨습니다."

"언제부터 저렇게 됐습니까?" 하고 나는 물었어.

"이렇게 얌전해진 건 반년 전부텁니다. 이 정도가 된 것만도 고마운 노릇이지요. 그전에는 근 1년 동안 미쳐서 날뛰는 바람에 정신병원에서 사슬에 묶여 지냈지요. 지금은 다른 사람에게 아무 짓도 하지 않습니다. 다만 계속해서 자기는 왕이라는 둥 황제라는 둥 씨부렁거리고 있지요. 착하고 얌전한 아들이어서 집안 살림도 도와주고 글도 썩 잘 썼는데, 갑자기 우울증이 생기더니 열병을 앓다가는 마침내 미치고 말았어요. 지금은 보시는 대로죠. 자세히 말씀을 드리자면요, 나리……."

나는 노파의 말을 가로막고 물었네.

"그때는 매우 행복하고 유복했었다고 자랑하던데 그게 언제입니까?"

"어리석은 녀석이죠!"

애처롭다는 듯한 미소를 지으며 노파가 말했어.

"정신이 이상해졌을 무렵의 얘기지요. 언제나 그것을 자랑하고 있어요. 정신병원에 들어가 있어서 자신에 관한 일은 아무것도 몰랐을 때의 일입니다."

나는 벼락을 맞은 듯한 기분이었네. 나는 지폐 한 장을 노파 손에 쥐여주고 급히 그 자리를 떠났어.

"그대가 행복했던 시절!"

나는 거리를 향해 빠른 걸음으로 걸으면서 소리쳤어.

"마치 물속의 물고기처럼 행복했던 시절!"

하늘에 계신 하느님! 인간은 아직 철이 들지 않은 시절과 분별심을 잃고 난 뒤가 아니면 행복해질 수 없다고 당신께서는 정하신 것입니까! ― 가엾은 사나이여! 그렇지만 나는 그대의 우울증이 부럽다. 모든 감각기관이 흐트러져서 점차 쇠약해가는 그대의 상태가 부럽다. 그대는 그대의 여왕님을 위하여 꽃을 꺾으려고 희망에 넘쳐서 집을 나선다 ― 한겨울인데도. 그리하여 꽃을 찾을 수 없다고 슬퍼하며 왜 찾을 수 없는지 이해하지 못한다. 그러나 나는 ― 그러나 나는 희망도 없고 목적도 없이 집을 떠나서, 나섰을 때와 마찬가지로 다시 돌아온다. 그대는 만일 네덜란드 정부가 돈을 지불해주면 무엇이든 될 수 있다고 망상을 하고 있구나. 행복한 사나이다. 자기가 행복하지 못한 것을 이 세상의 탓으로 돌릴 수가 있다! 그대의 불행은 그대의 황폐한 마음과 착란된 두뇌 속에 있는 것이어서, 이 세상의 어떠한 제왕도 어쩔 수 없다는 것을 그대는 모른다. 그대는 느끼지 못하는 것이다.

영험한 샘을 찾아 먼 여행길을 가는 중에 도리어 병이 깊어져 임종의 고통을 더욱 심하게 받는 사람, 양심의 가책에서 벗어나고 영혼의 고뇌에서 해방되려고 그리스도의 무덤을 순례하는 사람, 이러한 사람을 비웃고 멸시하는 자는 위안도 못 받고 죽는 것이 마땅하다! 발바닥이 찢기면서도 없는 길을 밟아 여는 그 한 걸음 한 걸음이 고뇌하는 영혼을 위안하는 영약(靈藥)이며, 고통을 이기고 하루의 여행을 끝낼 때마다 마음의 괴로움도 가벼워져서 잠자리에 든다― 이를 그대들은 망상이라고 부를 수 있겠는가! 특등석에서 먼지만 털고 앉아 있는 요설가들이여 ― 망상! ― 오오, 하느님! 당신은 내가 울고 있는 것을 알고 있습니다. 인간을 이토록 불쌍한 것으로 만드신 당신이여, 그것만으로는 부족하여 동포가 그로부터 일체를 사랑하는 당신에 대한 알뜰한 신뢰와 어쭙잖은 재산을 빼앗는 것을 가만히 보고만 계십니까? 약초와 포도의 수액(樹液)에 대한 신뢰는 당신에 대한 신뢰가 아니고 무엇이겠습니까? 당신은 우리를 둘러싼 모든 것 속에 우리가 한시도 잃어서는 안 되는 치유와 진정(鎭靜)의 힘을 지니셨습니다. 아버지시여! 나는 당신을 모릅니다! 일찍이 나의 온 영혼을 채워주셨으면서도 지금은 외면하고 있는 아버지시여! 제발 나를 곁으로 불러주십시오! 이 이상은 침묵하지 말아주십시오! 당신이 침묵을 지키시면 갈망에 허덕이는 이 영혼은 걷잡을 길 없이 전락하고 말 것입니다. 뜻하지 않게 되돌아온 아들이 목에 매달려 "아버지, 돌아왔습니다. 더 오래 참고 견디라는 명령이셨겠지만 수업(修業)의 여행을 중도에서 그만두었다고 화내지 말아주십시오. 세상은 어디나 매한가지입니다. 고생하고 일하면 보상도 있고 기쁨도 있습니다만 그것이 무슨 소용 있겠습니까? 당신이 계시는 곳이라면 저는 언제나 행복합니다. 고통이건 즐거움이건 간에 저는 아버지께서 보시는 앞에서 당하겠습니다" 하고 소리치는 경우, 인간이라면, 아버지라면 진정 화를 낼 수 있겠습니까? 하늘에 계신 사랑하는 아버지시여, 그래도 당신은 저에게 물러가라고 하시렵니까!

12월 1일

빌헬름이여, 자네한테 써 보낸 그 남자, 그 행복하고도 불행한 자는 로테의 아버지 밑에서 서기를 지냈었다고 하네. 로테에 대한 불타오르는 사랑을 가슴 깊이 간직하고 있었는데 마침내 그걸 털어놓아 그 때문에 쫓겨나서 미치고 만 거지. 이 이야기를 듣고 나는 미쳐버릴 것같이 감동했네. 이 무미건조한 문장으로 미루어 짐작해주게. 알베르트는 나에게 이 이야기를 아무렇지도 않게 들려주었는데, 아마 자네도 아무렇지도 않게 읽을 테지.

12월 4일

소원이네 — 아아, 여보게, 나는 이제 끝장이야. 이 이상 견딜 수 없어! 오늘 나는 로테 곁에 앉아 있었어 — 앉아 있었단 말일세.

그녀는 피아노를 치고 있었지. 갖가지 멜로디를 온갖 감정을 다 담아서! 가능한 한! 가능한 한의 정성을 들여서! 이 이상 무엇을 자네는 원한단 말인가?

그녀의 어린 누이동생이 내 무릎 위에서 인형에게 옷을 입히고 있었네. 내 눈에 눈물이 어리었어. 내려다보니까 그녀의 결혼반지가 눈에 띄었네 — 눈물이 흘러내렸어. 그러자 갑자기 그 사람은 그립고도 더없이 감미로운 멜로디를 치기 시작했네.

그게 너무나 돌발적이었기 때문에 마음속까지 평온하게 위안받는 느낌이 들었네. 그리하여 이 노래를 들은 그 무렵의 일, 우울하던 시기, 어둡고 불쾌한 나날, 수없이 좌절된 희망 등 흘러간 날의 추억이 되살아났네.

나는 방 안을 왔다 갔다 했어. 착잡한 감정이 가슴을 짓눌러 숨이 막힐 것 같았거든.

"제발!"

격렬한 감정의 폭발로 말미암아 나는 그녀한테로 달려가서 말했네.

"제발 그만둬주십시오!"

그녀는 손을 놓고 가만히 나를 쳐다보았어.

"베르테르!"

그녀는 내 마음속에 스며드는 듯한 미소를 지으며 말했네.

"기분이 좋지 않으시군요. 좋아하는 곡도 싫다고 하시니. 댁으로 돌아가세요! 그리고 제발 쉬도록 하세요."

나는 뿌리치듯이 나왔어. 그리고 빌었네. 하느님! 나의 이 비참함을 아신다면 제발 끝나게 해주십시오.

12월 6일

로테의 모습이 나를 떠나질 않네! 자나 깨나 나의 영혼을 구석구석 채우고 있어! 눈을 감으면 이마 안으로 마음의 시력(視力)이 집

중되어 그 사람의 검은 눈동자가 보여. 자네는 모르겠지.

눈을 감으면 그 사람의 검은 눈동자가 나타난다네. 바다처럼, 심연처럼, 그 검은 눈동자는 내 앞에, 내 안에 나타나서 내 이마의 모든 감각을 채우지. 인간이란 무엇인가. 반신(半神)으로 칭송받는 이 인간이란 도대체 무엇일까! 바로 가장 필요로 하는 순간에 이르러 그 힘을 잃고 마는 것이 아닌가? 기쁨에 춤추고 슬픔에 가라앉는 그 어느 경우에도 때를 맞는 바로 그때에 좌절하지 않는가. 널리 존재하는 무한자 속으로 녹아들기를 바라는 바로 그 순간에, 무겁고 냉철한 의식으로 다시 끌려 나오지 않는가?

편자가 독자에게

우리의 벗 베르테르의 특기할 만한 마지막 며칠에 관한 자필 기록이 될 수 있는 대로 많이 남아 있기를 나는 바라고 있습니다. 그렇다면 그가 남긴 편지를 그대로 나열하면 되므로, 설명 때문에 중단할 필요가 없기 때문입니다. 그래서 편자는 그의 일을 알고 있는 사람들한테서 정확한 정보를 모으기 위해 노력했습니다. 사건은 간단해서 관련된 이야기는 약간의 세부적인 부분을 제외하면 모두 일치했습니다. 다만 관련된 사람들의 심정에 관해서는 의견이 구구하고 판단도 각양각색이었습니다.
 결국 우리가 들을 수 있었던 것을 양심적으로 이야기하고, 그사이에 죽어간 사람이 남긴 편지를 삽입하고, 발견된 것은 아무리 하찮은 종잇조각이라도 섣불리 취급하지 않는 방법밖에 없었습니다. 특히 매우 사소한 행위라고 하더라도 그것이 비범한 사람들 사이에서 일어나게 되면 그 본래의 진실한 동기를 찾아내기란 매우 어렵기 때문에 더욱 그러했습니다.

불만과 불쾌, 이것이 베르테르의 마음속에 점점 더 깊이 뿌리를 내리고 더욱더 굳게 얽혀서 차츰 그의 존재 전체를 지배하고 말았습니다. 그의 정신의 조화는 완전히 파괴되었으며 마음의 흥분과 초조는 본성을 교란해서 불행한 결과를 불러오더니 마침내는 심한 허탈감에 빠지고 말았습니다. 그러한 상태에서 벗어나기 위하여, 그는 그때까지 모든 불행과 싸워온 것보다 더 많은 노력을 했습니다. 그러나 가슴속의 불안은 그의 정신이 지니는 힘, 그 발랄한 원기, 그 명민한 통찰력을 좀먹어서 사람들과 함께 있어도 혼자인 듯 차츰 불행으로 그를 이끌었고, 바로 그런 이유로 무례한 말이나 행동이 늘었던 것입니다. 적어도 알베르트의 친구들은 그렇게 말하고 있습니다. 그들은 이렇게 주장합니다.

"알베르트는 오랫동안 바라고 있던 행복을 드디어 손에 넣고 앞으로도 이 행복을 지켜나가려고 노력하고 있다. 이러한 순수하고 침착한 인물을, 그리고 그가 뜻하는 바를 베르테르는 판별하지 못했다. 베르테르는 이를테면 나날이 재산을 탕진해서 저녁에는 굶주림에 몸부림치는 그런 인간이다."

그들은 또 이렇게도 말합니다.

"그렇듯 단시일 내에 알베르트의 인품이 변할 리는 없다. 서로 알게 된 때부터 베르테르를 인정하고 존경까지 했었는데, 알베르트는 어디까지나 처음과 다름없는 알베르트였다. 그는 무엇보다도 로테를 사랑하고 자랑으로 생각하며 누구한테든지 로테가 이 세상에서 가장 훌륭한 여성으로 인정받기를 원하고 있었다. 그러므로 그에게는 일말의 의혹도 남겨져선 안 된다고 생각하며, 만약 그럴 위험이 있을 경우에는 아무리 단순한 방법이라고 하더라도 이 귀중한 보물을 누구와 나누어 가지려고는 하지 않을 것이다. 이 정도의 일로 알베르트가 욕을 먹을 것은 못 된다."

다시 그들은 이렇게 고백합니다.

"베르테르가 로테 곁에 있을 때 알베르트는 흔히 아내의 방을 나와버렸는데, 이것은 그 친구가 밉거나 싫어서가 아니라 다만 자기가 있으면 베르테르가 어색해하지나 않을까 하고 배려한 것이다."

로테의 아버지는 전부터 병환으로 집에 있었는데 로테를 부르러 자기 마차를 보내곤 했습니다. 그녀는 그것을 타고 갔습니다. 아름다운 겨울날이었고, 소복이 쌓인 첫눈으로 주위는 온통 은빛으로 빛나고 있었습니다.

다음 날 아침 베르테르는 로테를 뒤따라 출발했는데, 그건 만일 알베르트가 마중을 오지 않을 경우에 자기가 로테를 데려오기 위해서였습니다. 맑게 갠 하늘도 베르테르의 어두운 기분을 밝게 해줄 수는 없었습니다. 가슴에 무거운 압박감이 도사리고 있었고 슬픈 환영이 달라붙어 괴로운 생각만 계속 불러일으킬 따름이었습니다.

그는 끊임없이 자기 자신에게 불만을 품고 살아왔으므로, 다른 사람도 위험한 혼란 상태에 빠져 있을 것만 같았습니다. 그래서 자기가 알베르트와 그 아내 사이의 원만한 관계를 휘저어놓았다고 생각하여 그 때문에 자책하고 있었는데, 그 감정에는 알베르트에 대한 어렴풋한 반감도 섞여 있었습니다. 그때도 그가 도중에서 생각한 것은 오로지 이 알베르트의 일이었습니다.

"그렇지, 그렇지."

베르테르는 조용히 이를 갈며 혼잣말을 했습니다.

"그거야말로 다정하고 부드러우며 애정 어린, 무슨 일이든 알뜰히 보살피는 부부 사이의 안정된 신의라는 것이구나! 아니, 권태요 무관심이다! 그는 훌륭한 그녀에게 절대 비할 수 없는 보잘것없고 하찮은 일에 더 마음을 쏟고 있지 않은가? 그 사나이는 자신의 행복의 가치를 알고나 있을까? 그는 그녀의 값어치를 알고 또 그녀를 존경하고 있을까? 그는 이제 그녀를 손아귀에 넣었다. 그것도 좋겠지. 그는 그녀를 아내로 삼고 있다. 그런 줄은 이미 알고 있다. 이런 것을 생각하는 일에도 이미 익숙해진 듯한 기분이 들기는 하지만, 그런데도 그것을 생각하면 그만 미쳐버릴 것만 같다. 죽어버릴지도 모른다 ─ 도대체 나에 대한 우정은 계속되고 있는 것일까? 알베르트는 로테에 대한 나의 애착을 자기 권리에 대한 침해로 보고 있는 것이 아닐까? 그녀에 대해 쏟는 나의 관심을 그에 대한 나의 말없는 비난이라고 보고 있는 것은 아닐까? 나는 똑똑히 알고 있다. 짐작이 간다. 그는 나를 만나는 것이 싫은 것이다. 내가 멀리 가버리기를 원하고 있고 눈앞에 내가 있는 것이 못마땅한 것이다."

베르테르는 빠른 걸음으로 걸어가다가 때때로 걸음을 늦추기도 하고 멈추기도 하면서 발길을 돌리려고 하는 듯이 보였습니다. 몇 번이나 그렇게 하면서도 역시 걸음은 앞을 향했고, 이러한 생각과 혼잣말을 되풀이하면서 마침내 뜻과는 달리 수렵관에 도착하고 말았습니다.

그는 현관에 들어가서 노인과 로테에 관해서 물어보았는데, 집 안이 평소와는 달리 어수선했습니다. 맨 위의 사내아이 말이 저쪽 바르하임에서 불행한 사건이 터져 농부 한 사람이 맞아 죽었다는 것이었습니다―그 말에 베르테르는 별다른 느낌을 받지 않았습니다. 그는 방으로 들어갔는데 그 방에서는 로테가 계속 노인을 달래고 있는 중이었습니다. 노인은 병중인데도 현장으로 가서 범행을 조사하겠노라고 고집을 세웠습니다. 범인은 아직 밝혀지지 않았고, 맞아 죽은 남자의 시체는 아침 일찍 주점 앞에서 발견되어 갖가지 추측을 불러일으키고 있었습니다. 살해된 것은 어느 미망인의 하인이었는데 그 미망인은 전에 다른 하인을 고용하고 있었고, 해고당한 그 하인이 불만을 품고 집을 나갔다는 것이었습니다. 베르테르는 이 말을 듣자 벌떡 일어나 소리쳤습니다.

"그런 일이 있을 수 있나! 가봐야겠어요. 한시도 가만히 있을 수 없습니다."

그는 바르하임으로 급히 떠났습니다. 추억이 하나하나 생생하게 되살아났습니다. 그 범행을 저지른 것은 몇 번이나 말을 주고받아 매우 친숙하게 된 그 남자라는 것을 조금도 의심하지 않았습니다.

시체가 놓여 있는 그 주점으로 가기 위해서는 보리수 사이를 걸어가야 했는데 전에는 그토록 좋았던 그 장소도 소름이 끼칠 지경이었습니다. 아이들이 놀고 있었던 문 앞 부근은 피로 얼룩져 있었습니다. 인간의 가장 아름다운 감정인 사랑과 진심이 변하여 폭력과 살인이 되고 말았습니다. 커다란 보리수는 잎을 모조리 떨쳐버리고 서리에 덮여 있었습니다. 나지막한 교회 묘지의 벽을 넘어 무성하던 생울타리도 잎이 져서 그 틈새로 눈에 덮인 묘석이 바라다 보였습니다.

주점으로 가까이 다가가자 온 동네 사람이 그 앞에 모여 있었는데 갑자기 고함 소리가 났습니다. 멀리서 무장한 사람들의 무리가 이리로 향해 오는 것이 보였습니다. 그러자 모두들 입을 모아 범인을 데리고 온다고 떠들어댔습니다. 베르테르도 바라보았습니다. 의심할 여지가 없었습니다. 확실히 그 여주인을 그토록 열렬히 사랑하던 하인이었습니다. 얼마 전, 분노와 절망을 억제하면서 방황하고 있었던 그 남자였습니다.

"바보짓을 했구나, 불쌍하게도!"

베르테르는 체포된 남자 쪽으로 달려가면서 소리쳤습니다.

그 사나이는 베르테르를 조용히 바라보기만 하고 입을 열지 않다가 이윽고 완전히 가라앉은 목소리로 대답했습니다.

"이제 그 사람은 누구의 소유도 아닙니다. 이제 아무도 그 사람의 것은 될 수 없습니다."

범인은 주점 안으로 끌려갔습니다. 베르테르는 서둘러 그 자리를 떠났습니다.

이 무섭고 격렬한 사건으로 베르테르의 내부에 있던 모든 것은 뒤죽박죽 혼란스럽게 되고 말았습니다. 하지만 이때까지의 애수와 불만, 자포자기와 체념 따위로부터는 얼마 동안 벗어날 수 있었습니다. 대신 하인에 대한 동정심에 사로잡혀 어떻게 하든지 이 남자를 구하고 싶다는 격렬한 소망이 밀려왔습니다. 이 남자의 불행이 뼛속까지 느껴져 살인을 했다 할지라도 죄는 없다고 생각했습니다.

그는 그 남자가 마치 자신인 것처럼 느껴졌기 때문에, 이 기분을 남들도 알아줄 것이라고 믿었습니다. 그 남자를 변호해주고 싶은 마음이 불처럼 일어나서 열렬한 변론이 당장에라도 튀어나올 것 같았습니다. 그는 수렵관을 향해서 걸음을 재촉했는데, 가는 도중에 법무관에게 들려주려고 생각했던 것을 낮은 목소리로 죄다 입 밖에 내지 않고는 못 배길 지경이었습니다.

방에 들어가자 알베르트가 와 있었습니다. 그래서 그는 약간 불쾌한 기분이 들었지만, 곧 마음을 고쳐먹고 자기가 생각하는 바를 열렬히 토로했습니다. 법무관은 몇 번이나 고개를 저었습니다. 베르테르는 인간이 인간을 변호하기 위하여 할 수 있는 모든 것을 맹렬한 기세로 정열과 진심을 다해 말했지만, 쉽사리 상상할 수 있듯 법무관은 그것에 마음이 동요되지 않았습니다. 그뿐만 아니라, 베르테르의 말을 가로막고 반론을 펴면서 살인자를 두둔하는 것은 잘못이라고 나무랐습니다. 그렇게 되면 법률은 모두 무효가 되고 국가의 질서는 파괴된다며 베르테르를 타이르고 나서 다시 이렇게 덧붙였습니다. 이 같은 사건에서 어떤 조치를 취하건 항상 자신이 최고의 책임자라는 점을 명심해야 하며, 모든 것은 법대로 소정의 절차에 따라 집행되어야 한다는 것이었습니다.

그래도 베르테르는 단념하지 않고 누군가 그 남자의 탈출을 방조해주는 자가 있더라도 눈감아줄 것을 부탁했습니다. 그러나 법무관은 물론 이것도 거절했습니다. 드디어 알베르트도 이야기에 끼어들어 법무관 편을 들었습니다. 희망은 사라지고 베르테르는 말할 수 없는 괴로움을 안고 그곳을 떠났습니다. 법무관은 "안 돼, 그 사나이를 살려둘 수는 없어……" 하고 두 번 세 번 되풀이해서 말했던 것입니다.

이 말이 얼마나 깊이 그의 가슴에 박혔던가는, 그의 서류 사이에서 발견된 쪽지 한 장을 읽어보면 알 수 있습니다. 틀림없이 그날 쓴 것입니다.

너를 살려줄 수는 없다. 불쌍한 자여!
우리가 살아날 수 없다는 걸 나는 잘 알고 있다.

알베르트가 법무관의 면전에서 체포된 이 남자에 관해 한 마지막 말이 베르테르의 기분에 매우 거슬렸습니다. 그 속에는 자기에 대한 다소의 노여움이 포함되어 있는 듯한 느낌이 들었습니다. 총명한 베르테르인지라, 조금만 생각해보면 두 사람의 주장에 명분이 있다는 것쯤 모르지도 않았겠지만, 그것을 분명하게 인정해버리면 자기 모든 존재의 핵심을 부정해야만 되는 듯한 느낌이 들었던 겁니다.

이 일에 관련된 한 장의 쪽지가 역시 서류 속에서 발견되었는데, 이것은 알베르트와 그의 관계에 대한 전모를 말해주는 겁니다.

알베르트는 확고하고 훌륭한 남자다, 하고 아무리 자신에게 타일러보아도 그게 무슨 소용이 있겠는가. 단지 나의 심장을 갈가리 찢어놓을 뿐이다. 나는 공정해질 수 없다.

따뜻한 밤이어서 눈이 녹을 기미까지 느껴지는 날씨였으므로 로테는 알베르트와 걸어서 돌아왔습니다. 도중에 때때로 그녀는 뒤를 돌아보았는데, 그건 마치 베르테르가 같이 있었으면 하는 눈치였습니다. 알베르트는 베르테르 이야기를 끄집어내서 공정한 태도로 그를 비난했습니다. 그의 불행한 정열에 대해서도 말하며 될 수 있는 대로 그를 멀리할 생각이라고 말했습니다.

"내가 그렇게 되기를 원하는 건 우리 두 사람 때문이오" 하고 그는 말을 이었습니다.

"당신에 대한 그의 태도가 달라지도록, 또 찾아오는 횟수를 줄이도록 해주시오. 세상 사람들의 눈도 있고, 또한 여기저기서 벌써 소문이 나고 있는 모양이니 말이오."

로테는 아무 말도 하지 않았습니다. 그녀의 이 침묵이 알베르트의 비위를 건드렸는지 적어도 그때부터 그는 그녀에게 베르테르의 이야기를 비치지 않게 되었고, 로테가 베르테르의 이야기를 시작하면 그는 이야기를 그만두거나 딴 이야기를 꺼냈습니다.

베르테르가 그 불행한 사나이를 살려보려고 한 헛된 노력은 꺼져가는 등불의 펄럭이는 마지막 불꽃이었습니다. 그 사건 이후부터 그는 더욱더 깊이 고통과 무위(無爲) 속으로 빠져들어갔습니다. 특히, 어쩌면 범행을 계속 부인하고 있는 범인의 반대증인으로 소환받을지도 모른다는 이야기를 들었을 때는 거의 쓰러질 만큼 허탈한 상태에 빠졌습니다. 지금까지 생활의 실제 면에서 경험한 모든 불쾌한 사건, 공사관에서의 불평불만, 기타 실수를 했거나 모욕을 받았거나 한 온갖 일들이 그의 마음속을 오락가락했습니다. 이렇게

혼이 난 자기가 아무 일도 하지 않고 무위도식하는 것은 오히려 당연하며, 지금은 이미 장래의 희망도 모두 끝나버리고 일상생활의 일들을 해나갈 실마리마저 찾을 수가 없다고 생각하게 되었습니다. 이렇게 하여 마침내 그는 그 나름의 불가사의한 감정과 사고방식, 그리고 끝없는 정열에 빠져서 진심으로 사랑하면서도 그 평안함을 흐트린 친숙한 여성과의 슬픈 교제를 이어가고자 안간힘을 씀으로써, 그 힘을 목적도 희망도 없이 허비해버리고는 한 걸음 한 걸음 슬픈 파국으로 다가가고 있었던 것입니다.

그의 혼란과 정열, 그의 쉼 없는 몸부림과 노력, 그의 삶의 권태 등에 대해서는 남아 있는 몇 통의 편지가 더욱 유력한 증언을 해줄 것이므로 여기에 삽입하려고 합니다.

12월 12일

사랑하는 빌헬름, 예전에 악령에 사로잡혀 헤매고 다닌다고 믿었던 불행한 사람들이 이러했을까. 나는 바로 그런 상태에 놓여 있어. 이따금 무엇인가의 공격을 받지. 그건 불안도 아니고 욕구도 아니야. 무엇인지 모를 마음속의 광란. 그게 나의 가슴을 찢으려 하고, 나의 목을 조르네. 괴롭다! 괴롭다! 나는 지금 인간에게 적의를 가진 이 계절, 이 무서운 밤의 풍경 속을 방황한다네.

어젯밤에도 밖에 나가지 않고는 배길 수 없었네. 갑자기 푸근한 날씨로 변했는데, 들리는 이야기로는 강이 범람하여 모든 시냇물이 불어 넘쳐서 바르하임 아래쪽, 내가 좋아하는 골짜기가 온통 물에 잠겼다는군. 밤 11시가 넘어서 나는 집을 뛰쳐나갔어. 바위에서 떨어지는 격렬한 물살이 달빛을 받으며 소용돌이쳐 흐르는 모양은 정말 무시무시했지. 밭도, 목장도, 울타리도 다 물에 잠겨서 넓은 골짜기는 천둥 같은 바람 소리 속에서 위에서부터 아래까지 온통 폭풍우의 바다였네! 이윽고 다시 달이 나와 검은 구름 위에 걸리자, 물은 소름끼치리만큼 장엄하게 달빛을 반사하면서 소용돌이치며 나의 눈 앞을 흘러가고 있었어. 그때 내 몸은 떨려왔네. 그리고 또 동경이! 아아, 나는 팔을 벌리고 심연을 향해 서서 깊이깊이 숨을 쉬었어. 그리하여 이 고통, 이 고민을 폭풍우와 함께 성난 파도처럼 흘려보내는 환희 속에서 어쩔 줄 몰라 했네! 오오! 그러나 나는 발을 뗄 수가 없었어. 모든 고통에 종지부를 찍을 수가 없었던 거야. 내 모래시계의 모래는 아직 다 흐르지 않았다는 것을 나는 잘 알고 있네! 오오, 빌헬름이여! 저 폭풍과 함께 구름을 찢어발기고 넘치는 물줄기를 거머쥘 수만 있다면 인간의 존재 따위는 기꺼이 버리고 말 텐데! 아아! 이 갇혀 있는 몸에도 언젠가는 그러한 환희가 찾아오는 것이 아닐까!

언젠가 여름날의 산책 도중에 로테와 함께 쉬었던 버드나무 밑 주변을 슬픈 마음으로 내려다보았는데 ─ 그곳도 물에 잠기어 어디가 그 버드나무가 있는 곳인지 분간할 수가 없었네. 빌헬름이여! 그리하여 나는 그녀의 목장은, 그녀의 수렵관 근처는 어떨까 하고 생각했어. 우리들의 오두막집도 이 물줄기 때문에 지금은 엉망이 되어 있을 것이라고 생각했네. 그러자 지난날의 태양 빛이 가슴으로 비쳐 들어왔어. 나는 감옥에 갇힌 죄수의 마음으로 가축이나 목장, 영달(榮達)의 환영을 꿈에 그리듯이 계속 서 있었지. 나는 자신을 나무라지 않겠네. 내게 죽을 만한 용기가 없는 것은 아니니까. 그러나 나는 여기 앉아 있네. 차츰 스러져가는, 즐거움 없는 자신의 존재를 조금만 더 연장하려고 남의 집 문 앞에서 구걸하는 노파처럼.

12월 14일

이게 어찌 된 일일까, 벗이여! 나 자신이 두렵네! 그 사람을 향한 나의 사랑은 가장 신성하고 가장 청순하여 마치 오누이와 같은 사랑이 아닌가? 일찍이 내가 마음속에 죄 많은 욕구를 느낀 적이 있었던가? — 맹세는 하지 않겠네. 그런데도 꿈은! 그토록 모순되는 마음의 움직임을 불가사의한 힘의 탓으로 돌리는 사람들은 진실하네. 그런데도 꿈은! 입에 올리기만 해도 몸이 부들부들 떨린다네. 나는 그 사람을 두 팔로 안고 가슴을 들이밀며 사랑을 속삭이는 그 사람의 입을 끝없는 키스로 뒤덮었지. 나의 눈은 그 사람의 황홀한 눈 속으로 빠져들어갔어! 하느님! 나는 벌을 받아야 할까요. 이 터질 듯한 기쁨을 차분히 불러일으켜서 아직도 그 행복을 맛보고 있는 내가? 로테! 로테! — 나는 이제 틀렸어! 나의 감각은 천 갈래 만 갈래로 흐트러지고 벌써 한 주일이나 사고력을 잃은 채 눈에는 눈물이 넘치고 있네. 기분은 좋지도 나쁘지도 않아. 어디를 가든 마찬가지지. 아무런 희망도 없고 아무런 소원도 없네. 나는 역시 떠나는 게 좋을 것이네.

이 세상을 떠나고자 하는 결심은 이 무렵 베르테르의 마음속에 더욱 깊이 뿌리를 내리고 있었습니다. 로테한테로 돌아오고부터는 언제나 이것이 그의 마지막 소망이며 소원이었습니다. 그러나 그는 자신에게 이렇게 타이르고 있었습니다. 서둘러서 성급한 일을 저질러서는 안 된다, 최상의 확신을 가지고 가능한 한 냉정한 결심으로 일을 실행해야 한다고.

그의 회의(懷疑), 자기 자신과의 싸움은 다음의 단편적인 기록으로 엿볼 수 있습니다. 이것은 빌헬름 앞으로 쓴 편지의 서두로 보이는데, 날짜도 없이 서류 속에 섞여 있었던 것입니다.

그녀의 현재, 그녀의 운명, 나의 운명에 대한 그녀의 느낌, 이것이 나의 타버린 머리에서 마지막 눈물을 짜낸다.

커튼을 들추고 그 안쪽으로 들어가는 일! 그것으로 끝장이다! 그런데도 왜 주저하고 있는가! 그 안쪽의 상태가 어떠한지 모르기 때문인가? 가면 다시 돌아오지 못하기 때문인가? 그 안쪽에 무엇 하나도 분명하게 알 수 없는 혼란과 암흑을 예감하는 것이 우리들 인간의 정신적 특성이라는 것인가?

드디어 그는 이러한 슬픈 상념에 더욱더 빠져들어 결심은 점점 굳건해지고 돌이킬 수 없는 것이 되고 말았습니다. 여기에 관해서는 그가 친구인 빌헬름에게 보낸 편지가 있는데 한 증거가 될 것입니다.

12월 20일

빌헬름, 자네의 우정에 감사하네. 그 말을 자네가 그렇게 받아들여주다니. 진정 자네가 말한 대로야. 나는 떠나는 게 좋을 거야. 그러나 자네들한테로 돌아오라는 제안은 별로 마음에 들지 않네. 적어도 나는 좀 더 먼 길로 돌아가고 싶어. 무서운 추위가 계속되는 길도 좋을 테니. 자네가 마중을 와주겠다니 참으로 고맙네. 그러나 두 주일만 연기해주게. 자세한 것을 적은 편지를 또 한 통 보낼 테니까 그때까지 기다려주게. 어쨌든 익기 전에는 따지 않는 것이 중요하네. 두 주일 빠르고 늦는 차이는 중대한 것이니까. 어머니께는 아들을 위해 기도해달라고 전해주게. 그리고 여러 가지로 걱정을 끼쳤지만 용서해달라고도. 기쁘게 해드려야 할 사람들을 슬퍼하게 만드는 것이 나의 운명이었네. 잘 있게나, 친애하는 벗이여! 하늘의 모든 축복이 자네에게 내리도록! 잘 있게나!

그 무렵, 로테의 마음속에 무슨 일이 일어나고 있었던가, 남편에 대한 그녀의 생각, 불행한 친구 베르테르에 대한 그녀의 생각은 어떠했던가—그것을 말로 표현하기는 어렵습니다. 하지만 그녀의 성격으로 미루어 그것을 가만히 추측할 수도 있고, 아름다운 영혼을 지니고 있는 여성이라면 로테의 영혼을 짐작하여 로테와 같이 느낄 수도 있을 것입니다.

하여간 이것만은 확실합니다. 로테는 베르테르를 멀리하기 위해서 무슨 짓이든지 하려고 굳게 결심하고 있었습니다. 때때로 망설였던 것은 친한 친구로서의 친절한 위로에서였습니다. 헤어지는 것이 베르테르에게 얼마나 괴로운 일이며, 아니 어쩌면 그가 견뎌내지 못하리라는 것을 그녀도 알고 있었기 때문입니다. 그러나 그 무렵에는 그녀도 분명한 태도를 취하지 않을 수 없는 처지에 몰리고 말았습니다. 남편은 이들의 관계에 대해서 아무 말도 하지 않았습니다. 그녀 또한 그것에 대해서는 침묵을 지키고 있었습니다. 그런 만큼 점점 더 로테는 자기의 마음이 남편의 마음과 비교하여 부끄러운 것이 아니라는 것을 행동으로 증명해야 한다는 기분이 들었던 것입니다.

마지막으로 삽입한 편지를 베르테르가 자기 친구에게 쓴 바로 그 날, 그날은 크리스마스를 앞둔 일요일이었는데, 그는 저녁에 로테에게 왔습니다. 그녀는 혼자 있었습니다. 마침, 어린 동생들에게 주려고 크리스마스 선물로 준비해둔 장난감들을 정리하고 있었습니다. 베르테르는 아이들이 참으로 기뻐하겠다며, 갑자기 열린 문으로 초와 설탕, 과자, 사과 등으로 장식된 크리스마스트리가 나타나 천국에라도 간 듯 황홀해지곤 했던 시절에 관해서 이야기했습니다.

로테는 당혹함을 부드러운 미소로 가리면서 말했습니다.

"당신한테도 선물을 드리겠어요. 얌전하게 계시면 말예요. 꼬아 만든 양초 같은 걸요."

"얌전하게 굴라니, 무슨 말입니까?" 하고 그는 소리쳤습니다.

"어떻게 하라는 것입니까, 어떻게 하면 됩니까? 로테!"

"목요일 밤이 크리스마스이브입니다. 그때는 아이들이 오지요. 아버지도 오십니다. 모두 각각 선물을 받게 됩니다. 당신도 와주세요. 그러나 그 전에는 안돼요."

베르테르는 정신이 번쩍 들었습니다. 그녀는 말을 계속했습니다.

"부탁입니다. 어쩔 수 없어요. 혼자 있게 해주세요. 이대로는, 이대로는 이제 안 되겠어요."

베르테르는 로테로부터 눈을 돌리고 방 안을 왔다 갔다 하면서 "이대로는 이제 안 된다!" 하고 중얼거렸습니다. 로테는 이 말이 그를 위험한 상태로 몰아넣었다는 것을 깨닫고, 여러 가지 질문을 해서 그의 주의를 딴 데로 돌리려고 했으나 소용이 없었습니다.

"알겠소, 로테" 하고 그는 소리쳤습니다.

"이제 두 번 다시 나타나지 않겠습니다!"

"왜 그런 말을 하시죠? 베르테르, 또 만날 수 있어요. 꼭 다시 만나주세요. 다만 자제해주세요. 일단 마음먹은 것이면 무엇이든지 끝까지 집착하는 그 정열의 격렬함. 그것도 타고난 것이겠죠? 제발 부탁이에요" 하고 그녀는 말을 계속하면서 그의 손을 잡았습니다.

"좀 더 자제해주세요! 이만한 정신, 이만한 학문, 이만한 재능을 지니셨기 때문에 어떤 기쁨이라도 베르테르는 만날 수 있을 겁니다. 남자답게 행동해주세요. 가엾다는 생각밖에는 아무것도 해주지 못하는 여자 따위에 대한 집착이나 생각을 버리세요."

그는 입술을 깨물며 음울한 눈으로 로테를 바라보았습니다. 그녀는 그의 손을 잡고 말했습니다.

"잠깐 동안 마음을 진정시키세요, 베르테르! 당신은 자신을 기만하고 있어요. 스스로 자신의 파멸을 자초하고 있어요. 그것을 알지 못해요? 어째서 저를, 베르테르, 하필이면 저를, 남의 아내인 저를! 저를 소유할 수 없다는 이 사실이 도리어 당신의 소망에 더욱더 부채질하는 것이 걱정이에요."

그는 그녀에게서 손을 빼며 화난 듯이 그녀를 노려보았습니다.

"현명하시군!" 하고 그는 외쳤습니다.

"참으로 현명해요. 이런 주의는 틀림없이 알베르트가 한 것이겠죠? 빈틈이 없어! 참으로 빈틈이 없어!"

"이런 말은 누구나 할 수 있어요. 이 넓은 세계에 당신 마음에 드는 아가씨가 없을 리 없어요. 결단을 내려 찾아보세요. 그 아가씨를 찾아야지요. 반드시 찾아질 겁니다. 그 전부터 당신이 스스로를 답답한 틀에 가두어놓고 있는 것을 보고 당신을 위해서도 우리를 위해서도 걱정이 되었어요. 용기를 내세요. 여행이라도 떠나면 기분도 달라질 겁니다! 당신의 사랑에 알맞은 분을 찾아서 데려오세요. 그리고 진정한 우정의 행복을 같이 맛보기로 해요."

"그런 말은" 하고 베르테르는 차갑게 웃으면서 말했습니다.

"그대로 인쇄해서 가정교사들한테 추천해도 좋을 법하군요. 로테! 잠깐 동안만 나를 가만히 내버려두세요. 그러면 만사가 해결됩니다!"

"그렇지만 베르테르, 크리스마스이브까진 오지 마세요!"

그는 대답을 하려고 했으나 그때 마침 알베르트가 방으로 들어왔습니다. 서로 냉랭하게 인사를 나누고 나자 할 이야기도 없고 해서 나란히 방 안을 왔다 갔다 했습니다. 베르테르는 시시한 이야기를 끄집어냈으나 그것도 곧 끊어지고 말았습니다. 알베르트도 마찬가지라서 이야기가 끊어지자 아내에게 부탁했던 일의 결과를 물었습니다. 아직 해놓지 않았다는 대답을 듣고는 로테에게 두서너 마디

했습니다. 그 말이 베르테르에게는 냉랭하게, 아니 매우 냉혹하게 들렸습니다. 그는 나오려고 생각했으나 그렇게도 할 수가 없어 우물쭈물하는 사이에 8시가 되었습니다. 그의 불쾌함과 불만은 점점 더해갈 뿐이었는데, 식사 준비가 되자 드디어 그는 모자와 단장을 집어 들었습니다. 알베르트는 말렸으나 단순한 인사치레로만 들렸기 때문에 물리치고 나왔습니다.

집에 돌아오자 하인이 불을 켜 들고 비춰주려 했으나 그 손에서 등불을 받아 혼자 방에 들어가 소리 내어 울었습니다. 그러고는 흥분하여 혼잣말을 하며 난폭하게 방 안을 왔다 갔다 하다가 옷을 입은 채 침대에 쓰러졌습니다. 11시경에 하인이 조심조심 들어와서 구두를 벗길까요, 하고 물었을 때도 그는 쓰러진 채였습니다. 구두를 벗기게 하고는 내일 아침은 부를 때까지 방에 들어오지 말라고 명령했습니다.

12월 21일 월요일 아침에, 그는 로테에게 편지를 썼습니다. 이것은 그가 죽은 다음에 봉해진 그대로 책상 위에서 발견되었고 로테에게 전달되었습니다. 그것을 몇 단락으로 나누어 여기에 삽입하려고 하는데, 그 순서는 전후의 정황을 추측하여 편자가 임의로 정한 것입니다.

　결심했습니다. 로테, 나는 죽습니다. 당신을 보는 것도 마지막이 될 날 아침에 낭만적인 과장도 없이 조용히 이 편지를 쓰고 있습니다. 당신이 이것을 읽을 무렵에는, 아아! 그리운 사람이여, 이 불안하고 불행한 남자의 굳어버린 시체는 이미 싸늘해져 무덤 속에 누워 있을 것입니다. 내가 살아 있던 날의 마지막 순간까지도 오직 당신과 이야기하는 것뿐, 그 이상의 즐거움을 맛보지 못했던 이 불행한 남자가 말입니다. 나는 무서운 하룻밤을 지냈습니다. 아아, 그러나 고마운 하룻밤이기도 했습니다. 죽으려고 하는 나의 결의를 굳혀서 결정을 내려준 밤이었기 때문입니다. 어제는 심히 흥분한 탓에 당신을 뿌리치고 돌아왔으나, 착잡한 감정은 가슴에서 떠나지 않고 이젠 희망도 없고 기쁨도 없는 내 존재를 생각하니 심장이 섬뜩해지는 느낌이었습니다 ─ 가까스로 방에 당도하자 정신없이 꿇어앉았습니다. 오오, 하느님! 당신이 나에게 내리신 최후의 위안은 처참한 눈물이었습니다. 수없이 많은 계획, 한없이 많은 희망이 가슴속을 휘저었습니다. 그리하여 마침내 그 최후의 유일한 생각이 자리 잡고 굳게 뿌리를 내렸습니다. 죽어버리자는 생각! 나는 누웠습니다. 날이 밝아 아침의 맑은 정신 속에서 다시 생각해보아도 그 생각은 아직도 단단히 내 가슴에 남아 있었습니다. 죽어버리자! 이것은 절망이 아닙니다. 확신입니다. 지금까지 참고 견디다가 당신을 위하여 이 목숨을 바친다는 확신. 그렇습니다, 로테! 어떻게 이야기 않고 견디겠습니까? 우리들 세 사람 중 누군가 한 사람은 사라져야 하는데 내가 실천하려는 것입니다. 오오, 그리운 사람! 천 갈래 만 갈래로 흐트러진 이 가슴속으로 이따금 살그머니 어떤 생각이 다가왔습니다. 죽이자고 하는 ─ 당신의 남편을! ─ 당신을! ─ 나를! ─ 그것으로 족합니다. 아름답게 갠 여름날 저녁, 그 언덕 위에 오를 때는 제발 나를 생각해주십시오. 골짜기를 거쳐서 그 언덕에 자주 오르내렸던 나를 추억해주십시오. 그리하여 멀리 교

젊은 베르테르의 슬픔 171

회 묘지 쪽을 바라보다 저녁놀 속에 키 큰 풀이 바람에 날리는 나의 무덤 근처를 바라봐주십시오. 쓰기 시작했을 때는 침착했었는데 지금은 어린애처럼 울고 있습니다. 이런 일이 모두 생생히 눈 앞에 떠오르기 때문입니다.

10시경 베르테르는 하인을 불렀습니다. 그러고는 옷을 입으면서 2, 3일 안에 여행을 떠날 예정이니 양복을 손질하고 짐을 쌀 수 있도록 준비하라고 말했습니다. 다시 그는 여기저기에 계산서를 청구할 것, 빌려준 책 몇 권을 받아올 것, 매주 몇 푼씩 나누어 주었던 가난한 사람들에게 그들의 몫대로 두 달 치를 먼저 가져다줄 것 등을 명령했습니다.

방에서 식사를 마친 후 말을 타고 법무관한테 갔으나 공교롭게도 그는 부재중이었습니다. 그는 우울하게 뜰을 왔다 갔다 하고 있었는데, 마치 온갖 추억을 자기 마음속에 차곡차곡 쌓아 간직하고 있는 것처럼 보였습니다.

언제나처럼 아이들은 베르테르를 가만 놔두지 않았습니다. 그를 뒤쫓고 매달리면서 내일, 그리고 또 내일, 그리고 하루만 더 지나면 로테에게 찾아가 크리스마스 선물을 받을 것이라고 말했습니다. 그리하여 그들의 어린 상상력이 기대하고 있는 갖가지 기적에 대하여 이야기했습니다.

"내일!" 하고 베르테르는 소리쳤습니다.

"그리고 또 내일! 그리고 또 하루만 지나면!"

그가 아이들 모두에게 정성 어린 키스를 해주고는 떠나려 하자 어린 사내아이가 무엇인가를 속삭이려고 했습니다.

"누나들이 연하장을 썼어. 이렇게 큰 것! 아빠에게 한 장, 알베르트와 로테 누나에게 한 장씩, 또 한 장은 아저씨 것이야. 누나들은 설날 아침에 전달할 참이래" 하고 그 아이는 털어놓았습니다. 베르테르는 이제 더 참을 수가 없어서 한 사람 한 사람에게 용돈을 조금씩 나누어 주고는 말에 뛰어올라 아버지에게 안부를 전해달라고 부탁하고 울면서 달려 나왔습니다.

5시경에 집에 돌아온 그는 하녀에게 난롯불을 잘 보살펴서 밤중까지 꺼지지 않도록 하라고 일렀습니다. 하인에게는 아래층에 있는 책과 속옷을 트렁크에 넣고 마차가 흔들려도 구르지 않도록 차곡차곡 꾸려두라고 일렀습니다. 그러고는 아마 로테 앞으로 보내는 마지막 편지의 다음 부분을 쓴 것으로 생각됩니다.

당신은 내가 오리라고는 생각지 않고 있겠지요. 당신 말대로 크리스마스이브까지는 만나러 오지 않으리라고 생각하겠지요. 오오, 로테! 오늘이 아니면 이제 두 번 다시 만날 수 없습니다. 크리스마스이브에 당신은 이 편지를 손에 들고 부들부들 떨면서 다정한 눈물로 이것을 적시겠지요. 나는 죽습니다, 죽지 않으면 안 됩니다! 아아, 결심이 서자 마음이 매우 후련해졌습니다.

그동안, 로테는 이상한 기분이 들었습니다. 베르테르와 그런 이야기를 주고받고 난 다음, 그와 헤어진다고 하면 자신도 얼마나 괴로울까, 그가 자기에게서 떨어지지 않으면 안 된다면 얼마나 그가 괴로워할까, 이런 것들이 곰곰이 생각되었던 것입니다. 로테는 베르테르가 크리스마스이브까지는 오지 않으리라는 걸 알베르트 앞에서 지나가는 말처럼 넌지시 말해두었습니다.

마침 그때 알베르트는 갑자기 일이 생겨서 말을 타고 근처에 사는 어느 관리를 찾아갔고 그 집에서 하룻밤을 묵게 되었습니다.

그래서 로테는 혼자 있었습니다. 동생들은 하나도 옆에 없었습니다. 그녀는 조용히 생각에 잠기면서 자기의 입장에 대하여 여러 가지로 생각을 더듬었습니다. 자기는 영원히 남편과 결합되어 있다, 이 사람의 사랑과 성실을 잘 알고 있고 자신도 진심으로 존경하고 있다, 이 사람의 침착성과 미더움은 아내로서의 행복을 그 위에 쌓아 올리도록 바로 하늘이 정해준 것처럼 생각된다, 자신이나 아이들이나 영원히 의지할 수 있는 사람이다, 하고 로테는 생각했습니다. 그러나 한편으로는 베르테르도 그녀에게 없어서는 안 될 사람이 되어 있었습니다. 처음 만난 그 순간부터 두 마음은 아름답게 일치했고, 교제를 오래 계속하는 동안 여러 가지 과정의 일들로 지금은 이미 지워버릴 수 없는 인상을 그녀의 가슴에 새겨놓고 있었습니다. 자신이 재미있다고 생각하거나 느낀 것은 무엇이든지 그와 함께 나누는 버릇이 들어서, 만일 그가 없어진다면 자기 마음속에 다시는 메울 수 없는 공백이 뻥 뚫리고 말 것 같은 생각이 들었습니다. 아아, 지금 당장이라도 이 사람을 자신의 오빠로 바꿀 수 있다면 얼마나 행복할까! 만일 자기 친구 중 누구와 결혼시킬 수 있다면, 나아가 베르테르와 알베르트의 관계까지 그 전처럼 회복할 수 있게 된다면!

로테는 자기 여자 친구들을 하나하나 떠올려보았으나 누구나 다 결점을 지니고 있어서 베르테르에게 어울릴 만한 상대가 아니었습니다. 이런 것을 곰곰 생각하고 있는 동안에 확실히 그렇다고 의식한 것은 아니지만, 실제 자기가 마음속으로 은근히 바라고 있는 것은 자기를 위해 그 사람을 잡아두고 싶은 게 아닐까 하는 것을 처음으로 느꼈습니다. 동시에 그 사람을 잡아둘 수는 없다, 잡아두어서는 안 된다, 하고 자신에게 타일렀습니다. 청순하고 아름다우며 언제나 상냥하고 무슨 일이든지 척척 해결해나가는 로테의 마음에도 우울한 그림자가 무겁게 덮여, 행복의 희망마저 끊어져버린 듯한 생각이 들었습니다. 가슴이 죄어들고 눈동자도 어두운 구름에 휩싸이는 기분이었습니다.

이러고 있는 동안, 6시 반이 되자 계단을 올라오는 발소리가 들렸습니다. 그녀는 발소리와 자신의 일을 물어보는 목소리를 듣고 그가 베르테르라는 것을 알 수 있었습니다. 베르테르를 맞이하여 이토록 가슴이 울렁거린 것은 이번이 처음이라고 해도 좋을 것입니다. 가능하면 거절하고 싶은 기분이었으나 그가 들어오자 방망이질하는 가슴 때문에 당황하여 소리쳤습니다.

"약속을 안 지키는군요."

"약속 같은 건 한 적이 없어요." 하고 그는 대답했습니다.

"그렇다면 적어도 제 청을 들어주어야 할 것 아녜요. 제가 우리 두 사람의 안정을 위해서 그토록이나 부탁드렸는데."

무엇을 말하고 있는지, 무슨 짓을 하고 있는지 자신도 잘 모르는 채, 로테는 여자 친구 두어 명에게 와달라고 전갈을 보냈습니다. 베르테르와 단둘이 있는 것을 피하기 위해서였습니다. 베르테르는 가지고 온 책 두서너 권을 거기에 놓고 다른 책은 없느냐고 물었습니다. 로테는 여자 친구들이 왔으면 하고 생각하기도 하고 안 왔으면 좋겠다고 생각하기도 했습니다. 하녀가 들어와서 둘 다 못 온다는 소식을 전해왔습니다. 로테는 하녀에게 무언가 일을 시켜 그녀를 옆방에 있게 하려고 생각했으나 생각을 고쳐먹었습니다. 베르테르는 방 안을 왔다 갔다 하고 있었습니다. 그녀는 피아노 앞에 앉아 미뉴에트를 치기 시작했으나 아무래도 잘 되지 않았습니다. 그녀는 마음을 가다듬고 여느 때와 마찬가지로 긴 의자에 앉아 있는 베르테르 옆에 앉았습니다.

"읽을 게 없어요?"

그녀는 말했습니다. 그는 아무것도 들고 있지 않았습니다.

"그렇다면 저 서랍 안에 당신이 번역하신 《오시안의 노래》가 들어 있어요. 저는 아직 읽지 않았어요. 당신께서 읽어주셨으면 하고 늘 생각했었는데, 그 뒤로 기회도 없었고 기회를 만들려고 해도 만들어질 것 같지 않았죠."

베르테르는 조용히 웃으며 노래의 원고를 꺼냈습니다. 그것을 손에 들었을 때 베르테르의 온몸에는 소름이 끼쳤습니다. 원고를 펴 가만히 바라보는 그의 눈에는 눈물이 흐르고 있었습니다. 베르테르는 읽기 시작했습니다.

"어두운 밤하늘의 별이여, 그대는 서쪽에서 아름답게 빛을 내며 구름 사이로 빛나는 얼굴을 들어 언덕을 넘어서 엄숙하게 흘러간다. 그대는 무엇을 구하며 황야를 내려다보는가? 울부짖던 바람도 멎고 멀리서 골짜기의 물소리가 들려온다. 바위에 부딪히는 물소리도 아득하고 들녘에 무리져 나는 날벌레 소리도 멀어진다. 아름다운 빛이여, 그대는 무엇을 찾는가? 하지만 그대는 조용히 웃으며 지나치니 물결은 흥겹게 그대를 안고 그대의 사랑스러운 머리칼을 감기고 있다. 잘 있거라, 고요한 빛이여. 모습을 보여라, 오시안의 장려한 영혼의 빛이여!

그 빛은 강하고 힘차게 나타났으니, 지금은 사라진 벗들이 옛날처럼 로라의 들판*으로 모여드는 게 보이는구나 — 핑가르**는 짙은 안개 기둥처럼 나타나고 주위에 용사들을 거느리고 있나니. 보라! 노래하는 시인들을. 백발이 성성한 울린! 당당한 리노! 상냥한 가인(歌人) 알핀! 나아가 그대, 조용히 탄식하는 미노나! 그리운 벗이여, 젤마***에서의 그 축제일을 생각하면 얼마나 몰라보게 변했는가. 그날, 봄바람이 언덕에 불어와서 조용히 속삭이는 풀잎을 어루만지듯 그대는 노래의 명예를 겨루지 않았나.

그때 미노나는 아름다운 모습을 나타냈나니, 내리감은 눈에는 눈물이 넘치고 언덕에서 불어내려오는 심술궂은 바람에 머리카락이 물결치고 있었다 — 이 토르만의 아가씨가 상냥한 목소리를 들려주자 용사들의 마음은 어두워졌다. 그들은 살가르****의 무덤과

---

* 산기슭
** 오시안의 아버지
*** 스코틀랜드 북부의 산
**** 콜마의 연인. 콜마의 오빠와 결투하여 같이 죽었다

하얀 콜마의 어두운 집을 본 일이 있었기 때문이다. 아아, 슬프다. 언덕 위에 버려진 콜마는 좋은 목소리를 가졌으니, 살가르는 돌아올 것을 약속했지만 주위는 끝내 밤의 어두운 장막에 싸였네. 들어라, 언덕 위에 홀로 앉은 콜마의 목소리를."

콜마

"밤이 왔도다! — 나는 외로이 비바람 치는 언덕에 버려졌도다. 바람은 산중에서 사납게 울부짖고, 물줄기는 바위에 부딪혀 흐른다. 비바람 치는 언덕에 버려진 내게는 비를 막아줄 오두막도 없구나.

오오, 달이여, 구름 틈에서 나오라! 밤하늘의 별이여, 모습을 보여라! 그 부드러운 빛으로 내 그리운 사람이 쉬고 있는 곳으로 나를 데려다주려무나. 사냥에 지쳐 시위를 푼 활을 끼고 끙끙거리는 사냥개에 둘러싸여 쉬고 있는 그 사람 곁으로! 하지만 나는 수풀 우거진 시냇가의 바위에 혼자 앉아 있어야 하는구나. 강물은 소용돌이치고 바람은 사납게 불어대는데 내 그리운 사람의 목소리는 들리지 않는구나.

어찌하여 나의 살가르는 주저하고 있을까? 그 사람은 약속을 잊어버린 것일까? — 저기에는 바위와 나무, 여기에는 소용돌이치며 흐르는 강이 있지 않은가! 밤이 오면 이리로 오겠노라 그토록 굳게 약속했는데. 아아, 나의 살가르는 길을 어디로 잘못 들었을까? 오만한 아버지와 오빠를 버리고 당신과 같이 달아나고 싶었어요! 우리 집안은 서로 오랜 원수였지만 우리는 원수가 아닙니다. 오오, 살가르여! 오오! 바람이여, 잠깐만 조용히 해다오. 오오! 강물이여, 내 목소리가 골짜기에 울려 퍼져서 길 잃은 살가르의 귀에 들리도록 잠깐만 조용히 해다오. 살가르여! 내가 부르고 있어요! 나무도 바위도 여기 있어요. 살가르여! 그리운 사람이여! 나는 여기 있어요. 왜 당신은 오지 않습니까?

보라, 달이 나오고 물줄기는 골짜기 가득 빛나며 언덕 위의 바위는 회색으로 솟아 있도다. 그러나 꼭대기에 그이의 모습은 보이지 않고, 앞장서 오는 개도 보이지 않으니, 여기서 나는 외로이 앉아 기다려야 하는구나.

저쪽 황야에 누워 있는 사람은 누구일까? 연인일까? 오빠일까? — 말해주어요, 그리운 사람들이여! — 그들은 대답이 없고 이 가슴은 불안에 떤다! 아아, 그 사람들은 죽은 것이다! 결투한 두 사람의 칼은 피에 젖어 새빨갛다! 오오, 오빠, 오빠! 왜 나의 살가르를 죽였습니까? 오오, 살가르여! 왜 오빠를 죽였습니까? 내게는 둘 다 소중한 사람들이었는데! 오오! 오빠는 이 언덕에 사는 숱한 사람들 중에서 뛰어나게 아름답고, 나의 살가르는 싸움터에서 용맹을 떨친 사람. 나의 사랑하는 사람들이여! 대답해주세요. 나의 목소리를 들어주세요! 그러나 아아, 둘 다 말이 없이 영원히 침묵을 지키시네! 그 가슴은 흙처럼 싸늘하네! 오오, 솟아오른 바위에서, 비바람 치는 산꼭대기에서, 사자들의 영혼이여! 말해다오, 이야기해다오! 나는 무섭지 않다! 휴식을 찾아 어디로 가셨나이까! 산속의 어느 동굴을 찾아야 합니까? 바람이 불어 희미한 목소리마저 들리지 않는구나. 언덕의 비바람에 찢기어 아스라한 대답조차 들리지 않는구나. 한숨을 쉬며 이곳에 앉아, 나는 눈물에 젖어 날이 새기를 기다리고 있노라. 사자의 벗들이여, 무덤을 파헤쳐다오. 그러나 내가 갈 때까지는 덮지 말아다오. 꿈같이 사라져가는 덧없는 이 목숨, 어찌 나만이 살아남을 것인가! 이곳 물줄기가 소리치는 바위 위에서 그리운 사람들과 함께 나는 살리라— 언덕 위에 어둠이 깃들고 바람이 황야로 불어올 때, 나의 영혼은 바람이 되어 그리운 사람들의 죽음을 슬퍼하리라. 사냥꾼은 오두막에서 나의 목소리를 듣고 두려움에 떨면서도 귀를 기울이겠지. 그리운 사람들을 애도하는 나의 목소리가 감미롭기에. 둘 다 나에게는 그리운 사람이었다!

오오! 미노나, 수줍음에 볼을 붉히는 토르만의 딸이여, 이것이 바로 그대가 부른 노래였지. 우리는 콜마를 위하여 눈물을 흘렸노라. 우리의 가슴은 슬픔으로 마침내 닫혔노라.

울린은 하프를 안고 나타나 지금은 사라진 알핀의 노래를 들려주었다— 알핀의 목소리는 부드럽고 리노의 영혼은 불같이 타오르고 있었지만, 지금은 모두 좁은 무덤에 누워 있고 그 목소리는 젤마의 산에 메아리치며 사라졌도다. 일찍이 용사들이 살아 있었을 때 울린은 사냥에서 돌아왔다. 그리하여 언덕 위에서 노래를 겨루는 두 사람의 목소리를 들었다. 그들의 노래는 부드러웠으나 슬펐다. 그들은 용사들의 제일인자 모라르*의 죽음을 슬퍼했다. 모라르

---

*   미노나의 오빠

의 영혼은 핑가르의 영혼과 같았고 그의 칼은 오스카르*의 칼과 같았다—그렇지만 그는 쓰러지고 그의 아버지는 비탄에 빠졌으며 누이동생의 눈에서는 눈물이 넘쳐흘렀나니. 용감한 모라르의 누이동생 미노나의 눈에서도 눈물이 흘렀으니 울린의 노랫소리를 차마 듣지 못하고 미노나는 물러났노라. 마치 서쪽으로 기우는 달이 다가오는 비바람을 알고 그 아름다운 얼굴을 구름에 감추듯—나 오시안은 울린이 노래하는 슬픔의 노래에 맞추어 하프를 탔네."

리노

"비바람 사라지고 하늘은 맑고 구름은 흩어졌구나. 구름 사이에 숨었다가 다시 나오는 태양이 언덕을 비추네. 산의 거센 물살은 빨간 골짜기를 흘러가네. 구름이여, 그대의 속삭임은 감미롭구나. 하지만 내 귀에 들려오는 목소리는 더욱 감미롭다네. 그것은 알핀의 목소리, 죽은 이를 슬퍼하는 목소리. 나이 들어 그의 등은 굽고 눈물 어린 그 눈은 빨갛게 부었네. 알핀이여, 뛰어난 가인이여, 어찌하여 말 없는 언덕 위에 홀로 서 있는가? 어찌하여 숲속의 돌풍처럼, 아득한 기슭에 밀려드는 물결처럼 슬퍼하는가?"

---

* 오시안의 죽은 아들

알핀

"리노여, 내 눈물은 죽은 자를 위한 것이고 나의 목소리는 무덤에 사는 자를 위한 것이니. 그대의 모습은 언덕 위에서는 훤칠하고 황야의 아들들 사이에서는 아름답도다. 그렇지만 그대는 모라르처럼 쓰러지고 말겠지. 그리고 무덤가에는 슬프게 추도하는 자가 앉으리. 언덕은 그대를 잊고 그대의 활은 시위가 벗겨져서 바닥에 쓰러지리라.

오오! 모라르여, 그대는 언덕 위의 사슴처럼 재빠르고 하늘을 태우는 밤의 불처럼 용감했도다. 그대의 노여움은 비바람 같았고 싸움터에서 그대의 칼은 황야를 달리는 번갯불이었다. 그대의 목소리는 비 그쳐 맑아진 숲속의 물줄기, 아니면 아득한 언덕 위에 울려 퍼지는 천둥소리였다. 많은 사람이 그대의 팔에 쓰러졌고 그대 노여움의 불꽃에 불타버렸다. 하지만 싸움터에서 돌아오는 그대의 얼굴은 참으로 평온했도다! 그대의 모습은 비바람 그친 뒤의 태양과 같고 조용한 한밤중의 달과 같으며, 그대의 가슴은 거친 바람이 잠잠해진 호수와 같았도다.

지금 그대의 집은 좁고 그대의 방은 어둡네! 그대의 무덤은 불과 세 걸음으로 잴 수 있을 뿐. 오오, 일찍이 그토록 위대했던 그대가! 오직 이끼 낀 네 개의 돌만이 그대를 상징하노라. 잎 떨어진 나무 한 그루와 바람에 속삭이는 키 큰 풀만이 용감한 모라르의 무덤이라는 것을 사냥꾼 눈에 보여줄 뿐이로다. 가슴 치며 통곡하는 어머니도 없고 사랑의 눈물을 뿌리는 아가씨도 없나니, 그대를 낳은 사람은 죽고 모르그란의 아가씨는 싸움터에서 숨졌다.

지팡이에 몸을 의지한 저 사람은 누구인가? 머리는 백발이 되고 눈물로 눈이 짓무른 저 사람은 누구인가? 오오, 모라르여, 저이는 그대의 아버지, 그대 이외의 어느 자식의 아버지도 아니로다. 그는 싸움터에서의 그대의 명성을 듣고 짓밟힌 적에 관한 이야기를 들었도다. 그는 모라르의 영예를 들었도다! 아아, 그러나 그가 입은 상처에 대한 소식은 듣지 않았는가? 울어라, 모라르의 아버지여, 울어라! 그러나 그대의 아들은 그대의 목소리를 듣지 못하리라. 죽은 자들의 잠은 깊고 그 티끌의 베개는 얕도다. 그는 산 사람의 목소리에 귀 기울이지 않고 그대의 부르는 소리에도 눈뜨지 않으리. 오오, 무덤에 아침이 와서 잠자는 자에게 '잠을 깨라'고 소리칠 날은 언제인가.

잘 있거라. 인간들 중에서 가장 고귀한 자여, 그대 싸움터의 정복자여! 하지만 그 싸움터는 다시는 그대를 보지 못할 것이고 그대의 칼 빛이 어두운 숲을 비추는 일도 없으리라. 후손들은 길이 그대의 이야기를 들으리라. 싸워서 죽은 모라르의 이야기를 노래로 들으리라.

용사들은 소리 내어 슬피 울었노라. 특히 아르민이 통곡하는 소리는 터질 듯이 높았노라. 젊은 나이에 싸움터에서 쓰러진 자신의 아들을 생각해낸 것이리라. 이 용사 옆에 그 이름을 사방에 떨친 갈말의 영주 카르모르가 앉아 있었노라. '아르민이 왜 흐느껴 우는가' 하고 그는 물었노라.

'무슨 울 만한 일이라도 있는가? 마음을 녹이는 즐거운 노랫소리가 들려오지 않는가? 그것은 마치 호수에서 피어나 골짜기에 내려서 꽃을 피우는 부드러운 안개와 같다. 풀과 꽃들을 이슬처럼 함빡 적시는구나. 그러나 태양은 다시 떠오르고 안개는 사라져간다. 그대는 왜 그토록 슬퍼하는가, 아르민이여, 호수로 둘러싸인 콜마의 지배자여!'

슬퍼한다고? 그래, 나는 슬프다. 내 괴로움의 뿌리는 얕지 않노라. 카르모르여, 그대는 아직 아들을 잃은 일이 없고 꽃다운 나이의 딸을 잃은 일이 없노라. 두려움을 모르는 젊은이 콜가르와 처녀들 중에서 가장 아름다운 아니라도 살아 있노라. 오오! 카르모르여, 그대의 가지는 번영하고 있노라. 그러나 이 아르민은 내 집안의 마지막 사나이, 오오, 다우라여! 네 잠자리는 어둡도다. 무덤 속의 네 잠은 무겁고 답답하도다. 고운 목소리로 노래하며 눈뜰 날은 언제인가? 추풍이여 불어라! 어두운 황야에 비바람아, 몰아쳐라! 숲의 흐름이여 소용돌이쳐라! 비바람아 울부짖어라! 떡갈나무 가지 끝에! 오오, 달이여, 구름 사이를 누비며 방황하라. 그 창백한 얼굴을 보여라! 내 아이들이 숨을 거둔 그 무서운 밤이 못 견디게 생각나는구나. 억센 아린달이 쓰러지고 귀여운 딸 다우라가 숨을 거둔 그날 밤이.

다우라, 내 딸이여! 너는 아름다웠노라. 푸라의 언덕을 비추는 달처럼 아름답고 쌓이는 눈같이 희고 산들바람처럼 상냥했노라! 아린달이여! 네 활은 강했노라. 싸움터의 네 창은 재빠르고 그 눈초리는 물결 위의 안개 같고 그 방패는 비바람 속의 불구름 같았노라!

싸움터에서 이름을 떨친 아르마르가 와서 다우라에게 사랑을 고백했노라. 다우라는 거절하지 아니했노라. 다정한 그들이 그리는 희망은 아름다웠노라.

 오드갈의 아들 에라트는 원한을 품고 있었노라. 그의 형이 아르마르에게 목숨을 빼앗겼기 때문으로, 그는 뱃사람으로 변장하여 나타났노라. 파도 위를 달리는 그의 배는 아름다웠으나, 이미 늙어서 귀밑머리 하얀 그의 얼굴은 엄숙했노라.

 '처녀들 중에서 가장 아름다운 처녀여.'

 그는 말했노라.

 '아르민의 귀여운 딸이여, 멀지 않은 바다 가운데의 저 바위 언저리, 붉은 나무열매가 반짝이는 곳에서 아르마르는 그대를 기다리고 있노라. 아르마르의 애인을 인도하려고 나는 거친 바다를 넘어 왔노라.'

 다우라는 에라트를 따라서 아르마르를 불렀노라. 그러나 대답하는 목소리는 바위에 부서지는 물결 소리뿐.

 '아르마르! 그리운 사람이여! 왜 이렇게 근심케 하시나요? 아르나르트의 아들이여, 들어주세요! 다우라가 당신을 부르고 있어요!'

 배신자 에라트는 비웃으며 뭍으로 달아났노라. 다우라는 목청껏 아버지를 부르고 오빠를 불렀노라.

 '아린달! 아르민! 다우라를 구해줄 이는 없나요?'

 그 목소리는 바다를 건넜고 내 아들 아린달은 언덕을 내려갔노라. 흡족한 사냥으로 마음이 들떠 있는 그의 허리엔 화살 다발이 덜그럭거리고 손에는 활을 들었으니, 짙은 회색의 사냥개 다섯 마리가 아린달을 따랐네. 그는 바닷가에서 에라트의 모습을 발견하자마자 그를 사로잡아 떡갈나무에 묶고 그 허리를 칭칭 동여맸노라.

에라트의 신음 소리는 바람 속을 가득 채웠노라.

아린달은 다우라를 데려오려고 배를 저어 바다를 건넜노라. 그 때 분을 참지 못한 아르마르가 달려와서 회색의 살깃이 달린 화살을 쏘았노라. 화살이 울리고 그것이 네 가슴에 박혔노라. 오오, 아린달, 내 아들이여! 쓰러진 것은 배신자 에라트가 아니고 바로 너였노라. 배는 바위에 닿고 아린달은 쓰러져서 죽었노라. 오오, 다우라여! 네 발밑은 네 오빠의 피로 적셔졌노라. 너의 슬픔은 어떠했는가, 오오 다우라여!

물결은 배를 부수고 아르마르는 너를 구하든지 아니면 자살하려고 바다에 몸을 던졌노라. 돌풍이 언덕에서 바다로 불어내려와 그는 가라앉았고 다시는 떠오르지 아니했노라.

물결에 씻기는 바위 위에 홀로 서서 나는 내 딸의 슬퍼하는 목소리를 들었노라. 딸은 계속 소리 높여 부르짖었으나 이 아비는 그것을 구하지 못했노라. 밤새도록 바닷가에 선 채로 희미한 달빛 아래 딸의 모습을 지켜보고 있었노라. 밤새도록 외치는 소리는 들려왔노라. 바람은 거세고 비는 산허리에 무섭게 쏟아졌노라.

날이 새기 전에 딸의 목소리는 잦아들고 바위의 풀섶에 스며드는 저녁 바람처럼 다우라는 죽어갔노라. 애통함을 안은 채 딸은 죽어갔노라. 이 아르민을 외로이 남겨둔 채! 싸움터의 용사로 칭송받던 나의 아린달은 저승으로 떠나고 모든 처녀 중의 나의 사랑, 다우라는 죽고 말았노라.

산에서 비바람이 불어올 때, 북풍에 물결이 소용돌이칠 때, 나는 사납게 울부짖는 바닷가에 앉아 그 무서운 바위를 바라보노라. 때로 넘어가는 달빛 속에 내 자식들의 영혼이 서성이는 모습이 보이노라. 그들은 슬픈 이야기를 주고받으며 어스름 속을 나란히 헤매고 다니노라."

로테의 눈에서는 눈물이 흘렀습니다. 바로 그 때문에 답답한 가슴마저 탁 트일 것같이 생각될 정도였습니다만, 베르테르는 낭독을 중단했습니다. 그는 원고를 내던지고 그녀의 손을 잡으며 괴로운 눈물을 흘리며 울었습니다. 로테는 남은 손을 얼굴에 대고 손수건으로 눈을 가렸습니다. 두 사람의 감동은 무서울 정도였습니다. 두 사람은 그 기품 있는 사람들의 운명에서 자신들의 불행을 느꼈습니다. 두 사람의 눈물은 섞였습니다. 베르테르의 입술과 눈은 로테의 팔 안에서 불타올랐습니다. 로테는 몸을 떨며 달아나려고 하였으나, 고통과 동정이 납덩이처럼 가슴을 짓눌러서 꼼짝할 수 없었습니다. 그녀는 정신을 차리기 위해 숨을 깊이 들이마신 다음 흐느껴 울면서 낭독을 계속해달라고 부탁했습니다. 이 세상 것이 아닌 듯한 목소리로 부탁하는 것이었습니다. 베르테르의 몸은 부들부들 떨리고 심장은 터질 것 같았습니다. 그는 원고를 집어 들고 떠듬떠듬 읽어나갔습니다.

"왜 나를 깨우는가, 봄의 산들바람이여! 그대는 유혹하며 말하나니, '나는 하늘나라의 이슬로 적시노라!' 하지만 내 소멸의 시기도 가까웠노라. 나의 잎을 앗아갈 비바람은 가까웠노라! 내일이면 한 사람이 찾아올 것이다. 언젠가 내 아름다운 모습을 보았던 그 사람은 온 들판을 샅샅이 들추어 나의 모습을 찾을 것이로다. 그러나 찾다가 찾다가는 끝내 못 찾고 말 것이로다."

이 노래가 지닌 큰 힘이 불행한 베르테르를 압도했습니다. 그는 절망에 빠져 로테 앞에 몸을 내던지고 그 두 손을 잡아 자기 눈과 이마에 갖다 댔습니다. 베르테르가 어떤 무서운 짓을 저지르지나 않을까 하는 예감이 로테의 가슴을 스쳐 간 것 같았습니다. 그녀의 생각은 천 갈래 만 갈래로 헝클어졌습니다. 그래서 베르테르의 두 손을 꽉 잡자, 그것을 자기 가슴에 갖다 대고 수심에 찬 몸짓으로 베르테르에게 몸을 굽혔습니다. 두 사람의 불같은 볼이 닿자 세계는 사라져버렸습니다. 그는 로테를 두 팔로 감고 꽉 껴안으며, 부들부들 떨면서 말을 더듬는 입술을 미친 듯한 키스로 뒤덮었습니다.

"베르테르!"

몸을 비틀면서 로테는 숨 막히는 목소리로 외쳤습니다.

"베르테르!"

그러고는 힘이 빠진 손으로 그의 가슴을 자기의 가슴에서 밀어냈습니다. "베르테르!" 하고 그녀는 기품 있는 감정에서 흘러나오는 침착한 목소리로 외쳤습니다. 베르테르는 저항하지 않고 그녀를 팔에서 풀어주며 미친 듯이 그녀 앞에 몸을 내던졌습니다. 로테는 뿌리치듯 벌떡 일어나서 애정인지 분노인지 분간 못 할 혼란스러운 마음에 몸을 떨면서 말했습니다.

"이것이 마지막입니다! 베르테르! 이제 두 번 다시 만나지 않겠어요."

그리고 나서 로테는 사랑이 가득 어린 시선으로 가엾은 베르테르를 바라보고 나서 옆방으로 뛰어가 문을 잠갔습니다.

베르테르는 팔을 내밀었으나 차마 로테를 붙잡지는 못했습니다. 그는 긴 의자에 머리를 기댄 채 마룻바닥에 쓰러져버렸습니다. 그리고 그대로 반 시간 남짓 있었는데, 이윽고 무슨 소리가 나서 정신이 들었습니다. 하녀가 식사 준비를 하러 왔던 것입니다. 베르테르는 방 안을 왔다 갔다 하고 있었으나 다시 혼자가 되자마자 옆방의 문 앞에 가서 나직한 목소리로 로테를 불렀습니다.

"로테! 로테! 한마디만! 작별인사를!"

대답이 없었습니다. 그는 기다리다가 간청하다가 다시 기다렸습니다. 마침내 그는 문 앞을 떠나며 소리쳤습니다.

"안녕, 로테! 영원히 안녕!"

그는 걸어서 성문 있는 데까지 왔습니다. 벌써 그와 친해진 문지기들은 말없이 문을 통과시켜주었습니다. 빗발 섞인 눈이 몹시 쏟아지는 거리를 걸어 11시경에 가까스로 집에 도착했습니다. 하인은 돌아온 주인이 모자를 안 쓰고 있는 것을 알아차렸으나 말을 꺼내기가 조심스러워서 그대로 옷을 벗겼는데 속옷까지도 흠뻑 젖어 있었습니다. 나중에 그 모자는 골짜기가 내려다보이는 언덕의 비탈께 바위 위에서 발견되었습니다. 그 어둡고 눈비가 내리는 밤에 굴러떨어지지도 않고 어떻게 그곳에 올라갔는지 아직도 알 수가 없습니다.

베르테르는 자리에 들자마자 깊은 잠에 빠져들었습니다. 다음 날 아침 하인이 커피를 가져가니 그는 무엇인가 쓰고 있었습니다. 그는 로테에게 보낼 편지의 다음 부분을 쓰고 있었던 것입니다.

드디어 마지막이 다가왔습니다. 이렇게 눈을 뜨고 있는 것도 이것이 마지막입니다. 아아, 나의 눈은 두 번 다시 태양을 보지 못할 것입니다. 하늘에는 침침하게 구름이 끼어 태양이 그 속에 숨어 있습니다. 오오! 자연이여 슬퍼해다오. 그대의 벗, 그대의 연인이었던 나는 종말로 다가가고 있다. 로테, 말로는 표현할 수 없는 기분입니다. 이것이 마지막 아침이라고 자신에게 타이르는 것은 흐릿하게 꿈을 꾸는 것과 비슷합니다. 마지막 아침! 로테, 마지막이라는 이 말을 나는 잘 알 수가 없습니다. 나는 지금 여기에 틀림없이 서 있지만 내일이 되면 팔다리를 축 늘어뜨리고 마룻바닥에 누워 있을 것입니다. 죽는다는 것! 그것은 무엇일까요? 죽음에 대해 이야기할 때 우리는 꿈을 꾸고 있는 것은 아닌지요. 나는 사람이 죽는 것을 수없이 보아왔습니다. 그러나 인간이란 것은 어리석기 때문에 자기 존재의 시작도 끝도 모릅니다. 아직 나는 나 자신의 것입니다. 아니, 당신의 것입니다! 오오, 연인이여 당신의 것입니다! 그것이 눈 깜짝할 동안에 헤어져버리다니, 사라져버리다니 — 아마 영원히? — 아니 로테, 아닙니다 — 내가 어떻게 소멸할 수가 있겠습니까? 당신이 소멸한다는 사실이 어찌 있을 수 있겠습니까? 우리는 존재하고 있습니다! 소멸한다! 이것은 무엇입니까? 이것 역시 하나의 말, 텅 빈 메아리에 지나지 않습니다. 나의 가슴에는 아무런 실감도 없습니다 — 죽음, 로테여! 싸늘한 대지에 묻힌다, 그토록 답답하게, 그토록 어둡게! — 의지할 곳 없던 소년 시절, 나에게는 여자 친구가 한 사람 있었습니다. 그 사람은 죽었습니다. 나는 그 시체를 따라 무덤가에 갔습니다. 관은 구덩이에 내려지고 관을 묶은 밧줄을 풀어 위로 당겼습니다. 그러고는 첫 삽질로 흙을 던져넣자 관은 둔탁한 소리를 내었습니다. 그 소리가 차츰 더 둔해지더니 마침내 파묻히고 말았습니다! 나는 무덤가에 쓰러졌습니다. 심한 충격을 받았고 슬프고 겁이 났으며 마음이 갈가리 찢어졌던 것입니다. 그래도 나는 알 수 없습니다. 내가 어떻게 되었는가— 어떻게 될 것인가— 죽음! 무덤! 이 말을 나는 알 수가 없습니다!

아아, 용서해주십시오! 용서해주십시오! 어제, 그것이 내 생애 최후의 순간이었더라면 좋았을 것입니다. 오오, 천사여! 처음으로, 처음으로, 아무런 의심도 없이, 이 사람은 나를 사랑하고 있다! 라는 환희가 내 마음 밑바닥에서 불처럼 타올랐습니다. 이 사람은 나를 사랑하고 있다! 당신의 입술에서 흘러나온 성스러운 불꽃은 아직도 내 입술 위에서 불타고 있습니다. 내 가슴속에는 새롭고 뜨거운 기쁨이 있습니다. 용서해주십시오! 용서해주십시오!

아아, 당신이 나를 사랑하고 있다는 것을 나는 알고 있었습니다. 정이 담긴 최초의 눈길에서, 최초의 악수에서 그것을 알아냈습니다. 그런데도 곁을 떠나 혼자 있든가, 알베르트가 당신 곁에 있는 것을 보기만 해도, 자신(自信)을 잃고 다시 열병 같은 의혹에 빠지는 것이었습니다.

나에게 주신 그 꽃을 기억하고 있습니까? 그 불쾌한 모임이 있었을 때 당신은 나에게 말을 붙일 수도, 손을 내밀어 악수할 수도 없어 꽃을 보내주었습니다. 아아, 나는 밤중에 그 꽃 앞에 꿇어앉았습니다. 그것은 당신 사랑의 증거였습니다. 그러나 아아! 그 감명도 곧 사라지고 말았습니다. 마치 하느님의 은총을 성 만찬식 같은 눈에 보이는 증거로 충만히 믿었다가 그 마음이 차츰 희미해져가는 것과 같습니다.

  모두 덧없는 것입니다. 그러나 어제 당신 입술에서 맛본, 지금도 마음으로 느끼고 있는 이 타오르는 생명만은 영원히 지울 수가 없습니다! 이 사람은 나를 사랑하고 있다! 이 팔은 사랑하는 그 사람을 껴안고, 이 입술은 그 사람 입술 위에서 떨고, 이 입은 그 사람의 입 언저리에서 속삭였다. 그 사람은 내 것이다. 당신은 내 것입니다! 그렇습니다, 로테, 영원히.

  알베르트가 당신의 남편이라는 사실이 무슨 의미가 있을까요? 남편! 이 세상에서는 확실히 그렇겠지요. 내가 당신을 사랑하여, 그의 팔을 떨쳐버리고 내 팔에 당신을 안고 싶다고 생각하는 것은 이곳에서는 물론 죄겠지요. 죄? 좋아요, 나는 그 벌을 받겠습니다. 나는 그 죄를 더없는 환희로 맛보고 삶의 향유와 힘을 내 가슴속으로 받아들였습니다. 이때부터 당신은 내 것입니다! 오오, 로테, 내 것입니다! 나는 먼저 갑니다. 나는 아버지 곁으로, 우리의 아버지 곁으로 갑니다. 아버지를 만나서 나는 호소하겠습니다. 아버지는 당신이 올 때까지 위로해줄 것입니다. 당신이 오시면 나는 달려가서 당신을 붙들고, 무한한 하느님 앞에서 영원한 포옹을 계속하면서 언제까지나 당신과 함께 있겠습니다.

  꿈을 꾸고 있는 것은 아닙니다. 망상도 아닙니다! 무덤에 가까이 와서도 기분은 점점 밝아집니다. 우리는 존재하겠지요! 또 만나겠지요. 당신의 어머니를 만나겠지요! 어머니를 찾아서 만나고, 아아, 그 앞에서 내 마음을 속속들이 털어놓겠습니다! 당신은 당신의 어머니를 그대로 닮았으므로.

11시경 베르테르는 알베르트가 돌아왔는지 하인에게 물었습니다. "예, 말을 끌고 가는 것을 보았습니다" 하고 하인은 말했습니다. 그러자 베르테르는 짤막한 편지를 개봉된 채로 그에게 건넸습니다. 내용은 다음과 같습니다.

여행을 떠나려고 하는데, 당신 권총을 빌려주실 수 있겠습니까? 건강을 빕니다.

로테는 어젯밤 거의 잠을 이루지 못했습니다. 전부터 걱정하고 있었던 일이 실제로 일어나고 말았습니다. 그것도 어렴풋이 느낄 수도 없고 미리 대처할 수도 없는 상황에서 일어났습니다. 언제나 그토록 깨끗하고 가볍게 흐르던 그녀의 피가 열병에 걸린 것처럼 소용돌이치고 생각은 천 갈래 만 갈래로 헝클어져서 아름다운 심정을 심하게 뒤흔들었습니다. 로테가 마음속에 느끼고 있는 것은 베르테르의 포옹의 불꽃이었을까요? 앞뒤도 가리지 못한 그의 행동에 대한 노여움이었을까요? 자신의 지금 상태와 전에 지녔던 아무 거리낌 없이 자유롭고 순진한 기분을 비교해보고 난 다음의 고민이었을까요? 그녀는 어떤 얼굴로 남편을 만나야 했을까요? 주저 없이 고백할 수 없게 만드는 그 장면을 어떻게 남편에게 고백해야 할까요? 벌써 오랫

동안 서로 침묵을 지키고 있었는데 자신이 먼저 침묵을 깨고, 더구나 이렇게 나쁜 시기에 생각조차 할 수 없는 그런 일을 털어놓을 수 있었을까요? 베르테르가 찾아왔다는 것을 듣기만 해도 남편의 기분은 상할 것이 틀림없는데, 거기다가 상상조차 할 수 없는 이런 무서운 파국을 전한다면! 남편이 자기의 말을 올바르게 판단하고 결코 편견 없이 들어줄 것이라는 기대를 그녀는 품을 수 있었을까요? 그렇다고 하여 남편 앞에서 거짓말을 할 수 있었을까요? 남편에 대해서는 수정같이, 투명한 유리같이 언제나 거짓 없이 무엇이나 고백하여 자기 마음을 조금도 감춘 일이 없었고 또 감출 수도 없었는데…… 생각하면 할수록 로테는 걱정이 되어 어찌할 바를 몰랐습니다. 그리하여 생각은 계속 베르테르에게로 돌아가는 것이었습니다. 베르테르는 로테에게 있어서 이미 잃어버린 사람이지만 완전히 잊어버릴 수는 없었습니다. 그래서 그녀로서는— 애석하게도!— 되어가는 대로 둘 수밖에 없었습니다. 그녀를 잃는다면 베르테르에게는 아무것도 남는 것이 없다는 것을 잘 알고 있었습니다.

그때는 아직 뚜렷한 자각은 없었지만, 이미 깊이 뿌리내린 부부 사이의 좋지 못한 응어리가 로테의 가슴을 무겁게 짓누르고 있었습니다.

그토록 분별 있고 선량한 그들이 어떤 눈에 보이지 않는 의견 차이 때문에 서로 침묵을 지키게 되고, 양쪽 모두 상대방이 나쁘다고 생각하기 시작했습니다. 사태는 뒤얽혀 더욱 나빠져서 모든 것이 이것에 연관되는 결정적인 순간에 매듭을 풀 수가 없게 되고 말았습니다. 서로 마음을 열고 말을 주고받아서 더 빨리 원래의 사이로 되돌아갈 수 있었다면, 사랑과 관용이 서로 간에 작용할 수 있었다면, 아마 베르테르를 살리는 길도 남아 있었을 것입니다.

게다가 또 하나의 특별한 사정이 있었습니다. 베르테르는, 그의 편지를 보아도 알 수 있듯이, 이 세상을 버리겠다는 소망을 조금도 비밀로 하고 있지 않았습니다. 알베르트는 종종 그에게 반론을 폈고, 로테와 알베르트 사이에서도 이따금 이것이 문제가 되기도 했습니다. 자살이라는 것에 대하여 철저하게 반감을 가지고 있는 알베르트는 그답지 않게 노골적으로 화를 내면서, 이런 결심을 도저히 진지한 것이라고 생각할 수 없다고 자주 말했습니다. 더군다나 얼마쯤 그것을 농담처럼 여기며 자기는 믿지 않는다는 것을 로테에게 전하는 것이었습니다. 이것은 로테의 머릿속에 슬픈 광경이 떠오를 때에는 안도의 한숨을 쉬게도 하였지만, 그러나 한편으로는 지금 자기를 괴롭히고 있는 근심걱정을 이제 남편에게 말하기가 어렵게 되었다는 것을 느끼지 않을 수 없었습니다.

알베르트가 돌아왔습니다. 로테는 마음이 어수선한 채로 서둘러 남편을 맞으러 나갔으나 남편의 기색은 좋지 않았습니다. 일이 아직 끝나지 않았던 것입니다. 근처의 관리라는 사람이 완고하고 편협한 데다가 길도 나빴으므로 그는 화가 나 있었습니다.

아무 일도 없었느냐고 묻자 로테는 당황하여 어젯밤에 베르테르가 다녀갔다고 대답했습니다. 알베르트는 편지 온 것이 없느냐고 물었습니다. 편지 한 통과 소포 몇 개를 방에 갖다 놓았다는 그녀의 대답에 그는 방으로 들어갔습니다. 로테는 혼자 남았습니다. 사랑하고 존경하는 남편이 지금 곁에 있다고 생각하니까 기분도 달라졌습니다. 남편의 고결함, 그 애정과 친절이 머리에 떠오르자 한층 더 마음이 가라앉아서, 은연중에 따라가고 싶어져서 자기 일거리를 들고 남편 방에 들어갔습니다. 이런 일은 지금까지 흔히 있었던 일이었습니다. 남편은 소포를 뜯고 편지를 읽고 있었습니다. 별로 유쾌하지 않은 내용도 더러 있는 것 같았습니다. 로테가 몇 마디 물어보자 남편은 간단하게 대답을 하고 편지를 쓰기 위해 책상 앞에 앉았습니다.

두 사람은 이렇게 한 시간쯤 같이 있었지만 로테의 마음은 점점 더 어두워질 뿐이었습니다. 설사 남편이 기분이 좋을 때라도 지금 자기의 마음속에 있는 사실을 남편에게 고백한다는 것은 여간 어려운 일이 아니라는 것을 그녀는 느꼈던 것입니다. 로테는 슬픔에 빠져 있었습니다. 애써 그런 기분을 감추고 눈물을 삼키려고 해도 점점 더 안절부절못하게 될 뿐이었습니다.

그때 베르테르의 젊은 하인이 나타났는데 로테는 당황하여 어쩔 줄을 몰랐습니다. 하인은 알베르트에게 작은 쪽지를 건넸습니다. 알베르트는 태연하게 아내를 돌아보고 "권총을 내주시오" 하고 말했습니다. 그리고는 "잘 다녀오라고 전해주게" 하고 하인에게 말했습니다.

로테는 마치 벼락이라도 맞은 듯, 일어서려다가 비틀거렸습니다. 어찌 된 영문인지 자신도 알 수 없었습니다. 로테는 천천히 벽 쪽으로 걸어가서 부들부들 떨면서 권총을 내려 먼지를 닦았으나 어찌해야 좋을지 몰라서 주저하고 있었습니다. 만일 알베르트가 이상하다는 눈길로 재촉하지 않았다면 더 오래 주저하고 있었을 겁니다. 그녀는 하인에게 이 불길한 무기를 건넸으나 한마디도 할 수가 없었습니다. 하인이 집을 나가자 그녀는 일감을 챙겨들고 자기 방으로 들어갔습니다. 말할 수 없이 불안한 마음이었습니다. 막연하게나마 어떤 무시무시한 일이 일어날 것 같은 기분이 들어서 못 견딜 지경이었습니다. 차라리 남편 발치에 몸을 내던지고 모든 것을 말해버리자, 어젯밤의 경위와 자기의 죄, 그리고 좋지 않은 일이 일어날 것 같은 예감 등 모든 것을 고백해버리자, 하고 생각하기도 했습니다. 한편 그렇게 한다고 해도 별 효과가 있을 것 같지도 않았습니다. 남편을 설득하여 베르테르한테 가보도록 할 자신도 없었습니다. 식사 준비가 되자, 친한 여자 친구가 잠깐 물어볼 것이 있다며 들렀습니다. 그녀가 곧 돌아갈 듯하다가 결국 주저앉는 바람에 식탁에서의 담화도 그럭저럭 괜찮았습니다. 로테는 열심히 화제를 끄집어내서는 자기를 잊으려고 노력했습니다.

하인은 권총을 가지고 베르테르에게 돌아갔습니다. 로테가 건네주었다는 말을 듣자 베르테르는 매우 기뻐하며 그것을 받았습니다. 그리고는 빵과 포도주를 가져오게 하여 하인에게 식사를 하게 한 다음, 다음 부분을 쓰기 시작했습니다.

이 권총은 당신의 손을 거쳐서 왔습니다. 당신이 먼지를 닦아주었습니다. 나는 천번 만번 키스합니다. 당신의 손이 닿은 것이기 때문입니다! 하늘의 성령이여, 당신은 나의 결심에 은혜를 베풀어주셨습니다. 로테, 당신은 이 무기를 나에게 내어주었습니다. 그 손으로부터 죽음을 건네받고 싶다고 소망했던 그대로 당신이 건네준 것입니다. 아아! 지금 그것을 받습니다. 나는 심부름을 보낸 하인에게 꼬치꼬치 캐어물었습니다. 그에게 권총을 건넬 때 당신은 부들부들 떨었지요. 마지막 인사는 결국 주시지 않았군요! 아아, 괴롭고 야속합니다. 마지막 인사가 없었다니! 나를 당신과 영원히 결합시킨 그때의 일 때문에 당신은 내게 마음의 문을 닫고 말았습니까? 몇천 년이 지난다 해도 그 감명은 사라지지 않습니다! 그리하여 나는, 당신이 당신 때문에 이토록 불타고 있는 사람을 미워할 수 없을 것을 사무치게 느낍니다.

식후에 베르테르는 하인에게 명하여 짐이란 짐은 모조리 꾸리게 하고, 숱한 서류를 찢고 나서는 외출을 하여 자질구레한 셈을 끝냈습니다. 그리고 집에 돌아왔다가 비가 내리고 있는데도 불구하고 다시 성문 밖으로 나가, 백작의 정원에 들어가서 더욱 먼 곳까지 주위를 돌아다녔습니다. 그리고 해가 질 무렵에야 돌아와서 다음과 같이 썼습니다.

빌헬름! 나는 들과 숲, 하늘에 마지막 작별인사를 하고 왔네. 자네도 안녕히! 어머니, 용서해주세요! 빌헬름, 아무쪼록 어머니를 잘 위로해드리게! 하느님의 은혜가 자네들 위에 내리도록! 내 물건은 모조리 정리했네. 잘 있게나! 더욱 행복해진 기분으로 다시 만나게 되겠지.

당신한테는 나쁜 짓을 했습니다. 아무쪼록 용서해주십시오. 당신 가정의 평화를 무너뜨리고 두 분 사이에 불신을 심어놓았습니다. 안녕히! 그러나 그것도 마지막입니다. 나의 죽음으로 당신이 행복해지기를 빕니다! 알베르트! 알베르트! 그 천사를 행복하게 해 드리시오! 그리고 당신 위에 하느님의 축복이 내리길!

그날 밤 베르테르는 다시금 서류를 뒤적여 많은 것을 찢어서 난로에 집어넣고, 몇 개의 꾸러미는 빌헬름의 이름으로 봉인했습니다. 그 속에는 짧은 논문과 단상(斷想) 따위도 들어 있었는데 편자도 그중 몇 가지는 보았습니다. 10시에 베르테르는 난로에 불을 지피게 하고 포도주 한 병을 가져오게 한 다음 하인을 자도록 했습니다. 하인의 방은 이 집 사람들의 침실과 같이 훨씬 안쪽에 있었지만, 그는 이튿날 아침에 재빨리 일어나려고 옷을 입은 채 잠자리에 들었습니다. 6시에 우편 마차가 집 앞으로 올 것이라고 주인이 말했기 때문입니다.

11시 지나서

주위는 죽은 듯이 고요합니다. 나의 영혼도 고요합니다. 하느님! 이 마지막 순간에 이 열정과 이 힘을 내려주신 것을 감사드립니다.

그리운 사람이여, 나는 창가에 다가서서 비바람에 날리는 별을 바라봅니다. 저 구름 너머 영원한 하늘에 박힌 별! 별이여, 그대들은 절대로 떨어지지 않는다! 영원한 자가 그 가슴으로 그대들을 안아주신다. 그리고 나까지도.

나는 대웅좌(大熊座)의 수레채 별을 쳐다봅니다. 숱한 별들 가운데서도 내가 가장 좋아하는 별입니다. 밤에 당신과 헤어져서 댁의 대문을 나설 때 언제나 이 별은 내 정면에서 빛나고 있었습니다. 취한 듯 황홀하게 이 별을 바라보며 두 손을 치켜들고 이거야말로 지금의 내 행복에 대한 표지, 성스러운 표석(標石)이라고 생각한 적이 몇 번이었을까! 그리고 또한 지금도. 오오! 로테, 어느 것을 보아도 어느 것을 들어도 당신이 계십니다! 나는 마치 어린애처럼 당신의 신성한 손길이 닿았던 것이라면 아무리 사소한 것이라도 깡그리 긁어모았기 때문입니다.

그리운 실루엣 그림! 이것은 기념으로 당신에게 남겨두고 가려 합니다. 로테, 아무쪼록 소중하게 간직해주십시오. 천번 만번 입을 맞춘 이 실루엣 그림 — 천번 만번 눈길을 보내며 집에서 나갈 때나 돌아올 때는 언제나 인사한 이 실루엣 그림.

나는 당신 아버님께 편지를 써서 내 시체의 처리를 부탁해두었습니다. 묘지에는 두 그루의 보리수가 서 있지요. 들판으로 향한 안쪽의 한구석입니다. 그곳에 잠드는 것이 나의 소원입니다. 아버님은 나를 위하여 이 소원을 이루어주실 수 있겠지요. 아니, 반드시 그렇게 해주실 겁니다. 당신께서도 부탁해주십시오.

그러나 믿음이 깊은 기독교 신자라면, 이 가엾은 남자 옆에 몸을 눕히기를 싫어할 테니 무리한 청을 드릴 생각은 없습니다. 아아, 나는 길가라든지 아니면 쓸쓸한 골짜기에라도 묻히게 되면 고마운 일이라고 생각하고 있습니다. 사제(司祭)와 레위 사람들이 표지를 새긴 돌 앞을 십자가를 그으며 지나가고, 사마리아 사람도 한 방울의 눈물은 뿌려주겠지요.

자, 보십시오, 로테! 죽음의 도취를 들이마실 이 싸늘하고 무서운 잔을 들고도 나는 떨지 않습니다. 이것은 당신이 건네주신 것, 나는 주저하지 않습니다. 모두 다! 모두 다! 내 생애의 소원도 소망도 모두 다 이렇게 하여 채워지는 것입니다! 이토록 냉정하게 이토록 떳떳하게 죽음의 청동문을 두드리려 하고 있습니다.

할 수만 있다면 당신을 위해서 죽을 수 있는 행복을 가지고 싶었습니다. 로테, 당신을 위하여 이 몸을 버리는 행복을 누릴 수만 있다면! 당신 생활의 평안과 기쁨을 돌이킬 수 있다면 깨끗하게 즐거이 죽겠습니다. 그러나 아아, 사랑하는 사람들을 위하여 자기의 피를 흘리고 자신의 죽음으로 친구들에게 백 배의 새로운 생명의 불을 일으키는 일은 소수의 고귀한 사람들에게만 허용된 일입니다.

로테여, 지금 입고 있는 옷차림 그대로 나를 묻어주기 바랍니다. 이것은 당신의 손이 닿아 청결해진 것입니다. 이 사실은 당신 아버님께 부탁해두었습니다. 나의 영혼은 관 위에 어리어 있습니다.

호주머니 속은 뒤지지 말기 바랍니다. 아이들 가운데 있는 당신을 처음으로 보았을 때, 당신이 가슴에 달고 있었던 이 분홍색 리본. 아이들에게 천 번이라도 키스해주십시오. 그리고 그들의 불행한 친구의 운명을 들려주십시오. 귀여운 아이들! 모두들 내 주위에 모여 있습니다. 아아, 당신과 나의 결합은 이토록 강합니다! 맨 처음 본 그 순간부터 당신을 놓을 수가 없었습니다! 이 리본은 같이 묻어주십시오. 내 생일날 당신으로부터 받은 것입니다! 나는 무엇이든지 탐욕스럽게 원했습니다! 아아, 그러나 그 끝이 이렇게 되리라고는 생각조차 못 했습니다! — 하지만 걱정하지 마십시오, 제발 걱정하지 말아주십시오! — 총알은 재여 있습니다 — 12시를 치고 있습니다! 그럼! — 로테! 로테, 잘 있어요! 잘 있어요!

이웃 사람 하나가 화약의 섬광을 보았고 총소리를 들었습니다. 그러나 그대로 조용해졌기 때문에 특별히 신경을 쓰지 않았습니다.

아침 6시에 하인은 등불을 들고 방으로 들어왔습니다. 그의 눈에 띈 것은 마룻바닥에 쓰러져 있는 주인의 모습과 권총, 그리고 피였습니다. 그는 큰 소리를 지르며 주인의 몸을 붙잡았습니다. 대답은 없고 목에서 골골 하는 소리가 희미하게 들렸을 뿐입니다. 그는 의사를 부르러 뛰어갔다가 알베르트한테로 달려갔습니다. 로테는 초인종 소리를 듣자 온몸의 피가 거꾸로 흐르는 듯했습니다. 그녀는 남편을 깨우며 급히 침대에서 일어났습니다. 하인은 소리 높여 울면서 떠듬떠듬 말했습니다. 로테는 정신을 잃고 알베르트 앞에 쓰러졌습니다.

의사가 왔을 때 가엾은 베르테르는 마룻바닥에 쓰러진 채였고 살아날 가망은 없었습니다. 맥박은 뛰고 있었지만 팔다리는 마비되어 움직이지 않았습니다. 오른쪽 눈 위의 이마를 쏘아서 뇌수가 흘러나와 있었습니다. 소용은 없었지만 팔의 정맥에다 방혈(放血)을 시켰습니다. 피는 흘러나오고 호흡은 여전히 계속되고 있었습니다.

의자 등받이에 피가 묻어 있는 것으로 보아 베르테르는 책상 앞에 앉은 채 방아쇠를 당기고는 굴러떨어져 몸부림을 치며 의자 주위를 굴러다닌 것으로 생각됩니다. 그는 창문 쪽을 보고 고개를 위로 하고 누워 있었습니다. 푸른 프록코트에 노란 조끼로 몸단장을 하고 구두까지 신고 있었습니다.

집 안은 말할 것도 없고 온 이웃, 아니 거리 전체가 발칵 뒤집히는 큰 소동이 일어났습니다. 알베르트가 들어왔습니다. 베르테르는 침대로 옮겨져 있었습니다. 이마에는 붕대가 감겨져 있었고, 이미 죽은 자의 모습이 된 베르테르의 손발은 움직이지 않았습니다. 폐가 아직도 거슬리는 소리를 내고 있었습니다. 어떤 때는 낮게 어떤 때는 높게. 임종을 기다리는 수밖에 다른 도리가 없었습니다.

포도주는 한 잔밖에 마시지 않았습니다. 책 상 위에는《에밀리아 갈로티》*가 펼쳐져 있었습니다.

알베르트의 허탈, 로테의 비탄에 대해서는 아무 말도 하고 싶지 않습니다.

노 법무관은 기별을 듣자 말을 타고 달려왔습니다. 그는 뜨거운 눈물을 흘리면서 죽어가는 베르테르에게 키스했습니다. 그의 큰아이들도 달려와서는 슬픔을 참지 못하고 침대 옆에 엎드려 베르테르의 손과 입에 키스했습니다. 언제나 베르테르가 가장 귀여워해준 장남은 베르테르가 숨을 거두고 나서도 그 입술에서 떨어지지 않아, 마침내 강제로 떼어놓지 않으면 안 되었습니다.

낮 12시에 그는 죽었습니다. 법무관이 남아서 모든 일을 처리해주었기 때문에 문제가 일어나지 않고 끝났습니다. 밤 11시경, 법무관의 지휘로 그는 스스로 선택한 곳에 묻혔습니다. 노 법무관과 아

---

* 1772년에 쓴 G. 레싱의 작품으로 시민 비극

이들은 유해를 따라갔지만, 알베르트는 남아 있었습니다. 로테의 생명이 걱정되었기 때문입니다. 일꾼들이 관을 날랐습니다. 따라가는 성직자는 한 사람도 없었습니다.

작품 해설

　괴테(Johann Wolfgang von Goethe)는 1749년 8월 28일, 법률관이자 제실고문관인 엄격한 아버지와 시장의 딸로서 명랑한 성품이었던 어머니 사이에서 태어났다. 부유한 가정에서 태어난 괴테는 어려서부터 자유롭게 프랑스 문화를 접했다. 1765년 라이프치히대학교에서 법률을 공부하다가 각혈로 고향에 돌아가 요양생활을 하였다. 1770년 스트라스부르에서 법학공부를 계속하면서 셰익스피어의 위대성을 배우게 된다. 이듬해 변호사가 된 그는 제국고등법원의 실습생으로 베츨러에 머무는 동안 샤르로테 부프와 비련의 사랑을 겪는다.
　《젊은 베르테르의 슬픔》은 이미 약혼자가 있던 샤르로테 부프와의 괴로운 연애 경험과 라이프치히대학교에서 함께 공부하던 예루잘렘이 유부녀에게 실연하여 자살한 사건에 착안해 집필했다(1774년). 연애소설로 너무도 유명한 이 소설은 베르테르의 서간 및 자필 쪽지와 그의 사연을 잘 아는 사람들의 보고를 모아 제공하는 형식을 취했다. 작품의 서두에 쓴 짧은 문장과, 〈편자가 독자에게〉라는 부분에 나타나 있다.

편자는 베르테르의 정신과 성격에 찬탄과 사랑을, 그의 운명에 대해서는 눈물을 금할 수 없다고 말한다. 또한 단지 하나의 행위도 보통 사람 혹은 다른 사람들에게 일어날 경우에는, 그 진정한 동기를 발견하기가 극히 어렵다고 한다. 이와 같은 형식과 시각에 이미 암시되었듯, 주인공 베르테르의 사상, 감정과 운명은 그 자체로 극히 주관적이며 작자 괴테가 매우 객관적으로 그렸다.

이 작품은 1부에서, 베르테르가 청신한 자연감정을 가진 교양 풍부한 청년으로, 어느 지방 소도시에 출현한 건 봄이 한창인 때다. 5월, 자연의 청신한 숨결 속에서, 그의 마음속은 느긋하고 부드러운 기운이 넘친다. 그는 부유한 시민계급 출신이며, 아버지의 유산으로 무엇 하나 부족한 것 없이 살아갈 수가 있다. 이윽고 무도회에 가는 도중, 그는 이 도시의 교외에 사는 법관 S의 딸로 여덟 명의 동생들을 어머니 대신 돌보는 아름다운 로테를 알게 되어 청춘의 정열이 타오르는 듯한 감정을 체험한다. 로테와의 즐겁고 정열적인 왈츠에 매료된 베르테르는 로테의 발랄한 매력에 끌려 매일 만나러 간다. 동생들을 데리고 호숫가에 가기도 하고, 그녀가 부르는 노래를 듣기도 하고, 초상을 세 번이나 그리다 망치기도 했다. 그의 내면에서 고양된 자연감정과 연애감정이 하나로 융합되는 이 시기는 생기 넘치는 여름이다. 그러나 로테의 약혼자인 알베르트가 여행에서 돌아온 때, 베르테르의 생활감정에는 그늘이 지기 시작하고, 가을이 찾아옴과 동시에 정채를 잃어간다.

2부에서, 잊기 어려운 로테를 떠난 베르테르는 어느 지방에서 일자리를 얻었으나, 그곳에서 하급관료이면서도 백작의 만찬회에 눈치 없이 남아 있었다는 이유로 상류계급 사람들로부터 모욕을 받아 곧 직장을 사직하고 고향에 돌아온다. 베르테르의 마음은 다시 로테로 가득 찬다.

> 내가 눈을 감으면 검은 눈동자가 그곳에 있다. 바다와 같이, 심연과 같이, 그것은 내 앞에, 내 안에 머물고, 내 이마의 감각을 채운다…….

사랑하는 로테로부터 떨어져서 살아야 하는 겨울의 나날은 그에게 정신적으로도 황량하다. 이 겨울의 한창때, 알베르트와 로테가 그에게 아무런 연락도 없이 결혼식을 거행한 것과, 그가 귀족 사교계에서 신분 차별로 굴욕적인 대접을 받은 것은 그에게 결정적으로 정신적 타격을 준다.

다음 해 봄, 그는 내면의 치유를 위해 고향을 찾았고, 여름에는 다시 로테가 있는 곳으로 돌아간다. 그러나 이때 이미 베르테르의 운명은 서서히 쇠락하고 있었다. 1772년 9월 4일자로 그가 "그렇지, 그런 법이네. 자연이 가을 냄새를 풍기게 되면 나의 마음도 나의 주위도 가을이 되지"라고 쓴 바와 같다.

베르테르가 자살을 결의하기까지의 내면적 과정은, 로테를 알게 되고 두 번째 겨울의 심상 풍경으로 그려진다. 알베르트는 로테에게 베르테르를 멀리하라고 주의를 준다. 베르테르는 죽음을 결심하고, 크리스마스 전날 밤까지는 찾지 말아 달라는 로테의 소원도 무시하고 알베르트가 없는 로테의 집을 찾아가, 오시안의 시를 낭송한 후 로테 앞에 몸을 던지고, 오로지 단 한 번 로테의 입술에 미친 듯한 키스를 하고, 진눈깨비 내리는 길을 걸어 집으로 돌아간다. 그리고 다음 날 그는 여행을 간다고 말하고 알베르트에게 권총을 빌려 한밤중에 자살한다. 그의 장례에는 물론 한 사람의 성직자도 동행하지 않았다.

'푸른 프록코트에 황색 조끼와 바지'라는 베르테르의 이미지는 순정 다감한 청춘의 상징으로 널리 독자의 뇌리에 각인되었다. 작자 자신도, 모든 청년은 이와 같이 사랑하고자 하며, 모든 소녀는 이와 같이 사랑받고자 한다고 노래한 적이 있다.

그러나 젊은 괴테의 기본적 구상에 의하면, 《젊은 베르테르의 슬픔》은 단순한 연애소설이 아니라, '깊고 순수한 감정과 진정한 통찰력을 가졌음에도 불구하고, 열광적인 몽상에 마음을 빼앗겨, 사변에 빠진 나머지 점차 의기소침해지고, 마지막에는 불행한 정열, 특히 이룰 수 없는 사랑이 착란을 일으켜, 머리에 권총을 쏘아 버린' 한 청년의 자아 붕괴의 역사였다. 단지 문제는, 자연으로부터 뛰어난 자질을 부여받은 청년이 왜 이러한 능력에 근거해 뜻있는 생을 보낼 수 없었나 하는 점이다. 이에 대하여, 당시 독일 사회제도가 시민계급 출신의 청년들에게 아직 활동의 장을 충분히 제공할 수가 없어, 그들을 종종 절망으로 몰아세웠다는 것이 지적된다. 그러나 그렇다고 해도 같은 시민 출신인 알베르트가 유능한 관리로 활약하고, 로테도 최후에는 베르테르의 정열을 거부한 것을 생각한다면, 베르테르의 성격 내지 사고방식 그 자체에 자살의 궁극적 원인이 잠재했다고 생각한다.

《젊은 베르테르의 슬픔》으로 괴테는 문단에서 이름을 떨치게 되었고, 독일적 개성 해방 문학운동인 슈투름 운트 드랑(질풍노도)의 중심인물로서 활발한 창작활동을 했다. 괴테가 이십 대 중반에 쓴 이 작품에는 이미 범신론적인 감정과 선의가 넘치고 있다. 한편 슈트롬 운트 드랑 시대의 특징과 현실 이반의 경향은 후기 작품과 전혀 다른 것이어서, 만년의 괴테는 이 작품에 대해 언급하려고 하지 않았다. 베르테르와 같은 성격은 이 세상에서 살아가기에는 너무 과잉이며, 또 부족하다고 할 수 있을 것이다.

옮긴이

옮긴이의 말

 《젊은 베르테르의 슬픔》은 1774년 괴테가 스물다섯 살 때 쓴 작품으로, 샤르로테 부프에 대한 괴테 자신의 연애 체험이 주요한 소재다. 그런 의미에서 이 작품은 괴테의 작품이 일반적으로 그러하듯 체험문학이라 할 수 있다. 그러나 괴테 자신은 작품에서와는 달리 자살하지 않고 이 작품을 완성함으로써 실지 생활의 위기를 타개해나갔다. 그러므로 이 작품은 괴테의 인간적, 그리고 작가적 성장의 발판이라고 할 수 있으며 그의 생애에 있어 중요한 의미를 지닌다.

 그러나 이 작품은 괴테 개인의 체험이나 성장에만 의미가 있는 게 아니다. 그 당시는 합리주의를 기조로 하는 계몽사상의 뒤를 이어, 그와는 반대로 감정을 중요시하고 개인의 분방한 행동을 존중하는 슈투름 운트 드랑(질풍노도)의 시대였다.《젊은 베르테르의 슬품》은 이 시대사조를 그에 상응하는 문제를 가지고 문학적으로 정착시켰다. 이 책이 출판되자, 일개 무명작가인 괴테가 일약 범유럽적인 작가로 이름을 얻게 되었을 만큼 널리 읽힌 것도 이러한 시대적 배경이 있었기 때문이다. 나폴레옹이 괴테를 직접 방문하여 작품에 관한 이야기를 나누었고, 프랑스어 번역판으로 이 책을 일곱 번이나 읽었으며, 이집트 원정 때에도 이 책을 휴대했다는 일화는 유명하다.

《젊은 베르테르의 슬픔》은 대부분의 사람들이 일생에 한 번은 겪는 청춘기의 위기를 심리적으로 깊이 파헤쳐 형상화한 작품이다. 이러한 점에서 이 작품은 괴테 개인이나 그 시대를 초월한 전형으로서 의미가 있다. 2백여 년이 지난 오늘날에도 젊은 사람들이 애독하는 것은 이 때문이다. 앞바다의 오륙도가 내려다보이는 교정의 벚나무 그늘에서《젊은 베르테르의 슬픔》에 잠겨 들던 그 시절을 나는 잊을 수가 없다.

요한 볼프강 폰 괴테 연보

1749년 8월 28일 독일 프랑크푸르트암마인의 부유한 중산층 가문에서 태어났다. 아버지는 왕실 고문관이었고 어머니는 프랑크푸르트암마인 시장의 딸이었다. 어려서부터 그리스어, 라틴어, 히브리어, 프랑스어, 영어, 이탈리아어 등을 배웠고, 그리스 로마의 고전 문학과 성경을 읽었다.

1765년 아버지의 권유로 16세 때 라이프치히대학교에 입학해 법학을 공부했다. 라이프치히는 프랑크푸르트암마인과 달리 선진적인 도시였고 괴테는 이곳에서 계몽주의 사상을 피부로 느꼈다. 첫 희곡《연인의 변덕》을 발표했다.

1768년 폐결핵으로 학업을 중단하고 고향으로 돌아온 후 연금술, 점성술 등 신비주의에 몰두했다.

1770년 법학 공부를 계속하기 위해 슈트라스부르크대학교(현재

프랑스 스트라스부르대학교)에 들어갔고, 이곳에서 천재 시인 J. G. 헤르더를 만나 자유로운 정신의 확장을 경험했다. 호메로스, 오시안, 셰익스피어의 위대함에 눈떴고 '질풍노도 운동'의 계기를 마련했다.

1771년 슈트라스부르크대학교에서 학위를 취득한 후 프랑크푸르트에서 변호사 사무실을 열었다. 하지만 경험 부족으로 첫 번째 사건에서 너무 과격하게 행동하여 견책을 받고 그 후 의뢰인을 더 받지 못했다.

1772년 법률 실습을 하기 위해 베츨라 고등법원에서 법관 시보로 일하다가, 약혼자가 있던 샤를로테 부프를 만나 사랑에 빠졌다. 이 경험은 훗날《젊은 베르테르의 슬픔》의 모티브가 되었다.

1773년 비극《괴츠 폰 베를리힝겐》을 발표했다.

1774년 자살로 끝나는 불행한 낭만적 사랑을 다룬《젊은 베르테르의 슬픔》을 출판했다. 당시 많은 젊은이가 베르테르에게 공감하며 자살하는 등 사회적으로 큰 반향을 불러일으켰다. 필생의 대작《파우스트》집필을 시작했다.

1775년 4월 릴리 쇠네만과 약혼했지만 얼마 후 파혼했다. 바이마르 공국의 군주 아우구스트 대공의 초청으로 11월에 바이마르로 갔다.

1776년 바이마르 공국의 추밀참사관으로 임명되었다. 행정가로 국정에 참여해 다양한 성과를 거두었고 식물학, 해부학, 광물학, 지질학, 색채론 등 인간을 설명하는 모든 분야에 관심을 기울였다. 바이마르를 문화의 중심지로 끌어올리는 데 결정적인 역할을 했다.

1779년 《타우리스섬의 이피게니에》를 발표했다.

1782년 황제 요셉 2세에게 귀족 칭호를 받았다.

1783년 〈신성〉을 발표했다.

1786년 이탈리아 여행길에 올랐다. 베네치아, 나폴리, 로마 등을 돌아다니며 고전주의 문학관을 확립했다.

1788년 이탈리아 여행을 끝내고 바이마르로 돌아왔다. 그는 모든 공직을 포기하고 문학과 과학에 몰두하기로 결심했고, 크리스티아네 불피우스를 만나 사랑에 빠졌다. 〈타소〉, 〈로마의 비가〉를 발표했다. 첫 번째 주요 과학 저서인 《식물의 변형》을 출판했다.

1792년 아우구스트 공작을 수행하여 제1차 대프랑스 동맹 전쟁에 종군하여 발미 전투와 마인츠 포위전에 참전했다. 훗날 이때의 체험을 《프랑스 종군기》, 《마인츠 공방전》으로 남겼다.

1794년 실러를 만나 함께 독일 바이마르 고전주의를 꽃피웠다.

1796년 대표적인 교양소설 《빌헬름 마이스터의 수업 시대》를 완성했다. 서사시 《헤르만과 도로테아》를 발표했다.

1805년 실러의 죽음으로 큰 충격에 빠지지만 창작 활동과 연구를 멈추지 않았다.

1806년 《파우스트》 1부를 완성했다.

1809년 《친화력》을 발표했다.

- **1810년** 《색채론》을 완성했다.
- **1816년** 《이탈리아 기행》 1부, 2부를 발표했다.
- **1819년** 《서동 시집》을 완성했다.
- **1821년** 《빌헬름 마이스터의 편력 시대》를 완성하여 출간했다.
- **1823년** 훗날 《만년의 괴테와의 대화》를 집필한 에커만이 괴테의 비서가 되었다.
- **1829년** 《파우스트》가 초연되었다. 1821년에 출간한 1판을 개정하여 《빌헬름 마이스터의 편력 시대》 최종판을 출간했다. 《이탈리아 기행, 제2차 로마 체류》를 발표했다.
- **1830년** 《시와 진실》 4부를 발표했다. 《괴테 작품집, 최종 완성판》을 출간했다.
- **1831년** 《파우스트》 2부를 완성했다.
- **1832년** 3월 22일, 세상을 떠났다.

옮긴이 **송영택**

서울대학교 독어독문학과를 졸업하고 서울대학교 강사로 재직했으며, 시인으로 활동하면서 한국문인협회 사무국장과 이사를 역임했다. 저서로는 시집 《너와 나의 목숨을 위하여》가 있고, 번역서로는 《괴테 시집》, 《젊은 시인에게 보내는 편지》, 《말테의 수기》, 《어느 시인의 고백》, 《릴케 시집》, 《릴케 후기 시집》, 《사랑하는 하느님 이야기》, 《데미안》, 《수레바퀴 아래서》, 《헤르만 헤세 시집》, 《잠 못 이루는 밤을 위하여》, 《개선문》 등이 있다.

젊은 베르테르의 슬픔

1판 1쇄 발행 1977년 12월 30일
4판 1쇄 발행 2025년 9월 19일

지은이 요한 볼프강 폰 괴테 | 옮긴이 송영택
펴낸곳 (주)문예출판사 | 펴낸이 전준배
출판등록 2004. 02. 11. 제 2013-000357호 (1966. 12. 2. 제 1-134호)
주소 04001 서울시 마포구 월드컵북로 21
전화 02-393-5681 | 팩스 02-393-5685
홈페이지 www.moonye.com | 블로그 blog.naver.com/imoonye
페이스북 www.facebook.com/moonyepublishing | 이메일 info@moonye.com

ISBN 978-89-310-2575-0 04800
ISBN 978-89-310-2365-7 (세트)

• 잘못 만든 책은 구입하신 서점에서 바꿔드립니다.

문예출판사® 상표등록 제 40-0833187호, 제 41-0200044호

■ 문예세계문학선

★ 서울대, 연세대, 고려대 필독 권장 도서　▲ 미국대학위원회 추천 도서
● 《타임》 선정 현대 100대 영문 소설　▽ 《뉴스위크》 선정 세계 100대 명저

- 1 젊은 베르테르의 슬픔 괴테 / 송영택 옮김
- ▲▽ 2 멋진 신세계 올더스 헉슬리 / 이덕형 옮김
- ●▽ 3 호밀밭의 파수꾼 J. D. 샐린저 / 이덕형 옮김
- 4 데미안 헤르만 헤세 / 구기성 옮김
- 5 생의 한가운데 루이제 린저 / 전혜린 옮김
- 6 대지 펄 S. 벅 / 안정효 옮김
- ▲▽ 7 1984 조지 오웰 / 김승욱 옮김
- ●▽ 8 위대한 개츠비 F. 스콧 피츠제럴드 / 송무 옮김
- ●▽ 9 파리대왕 윌리엄 골딩 / 이덕형 옮김
- 10 삼십세 잉게보르크 바흐만 / 차경아 옮김
- ★▲ 11 오이디푸스왕·아가멤논·코에포로이 소포클레스·아이스킬로스 / 천병희 옮김
- ★▲ 12 주홍글씨 너새니얼 호손 / 조승국 옮김
- ▽ 13 동물농장 조지 오웰 / 김승욱 옮김
- ★ 14 마음 나쓰메 소세키 / 오유리 옮김
- ★ 15 아Q정전·광인일기 루쉰 / 정석원 옮김
- 16 개선문 레마르크 / 송영택 옮김
- ★ 17 구토 장 폴 사르트르 / 방곤 옮김
- 18 노인과 바다 어니스트 헤밍웨이 / 이경식 옮김
- 19 좁은 문 앙드레 지드 / 오현우 옮김
- ▲ 20 변신·시골 의사 프란츠 카프카 / 이덕형 옮김
- ▲ 21 이방인 알베르 카뮈 / 이휘영 옮김
- 22 지하생활자의 수기 도스토옙스키 / 이동현 옮김
- ★ 23 설국 가와바타 야스나리 / 장경룡 옮김
- ▲ 24 이반 데니소비치의 하루 알렉산드르 솔제니친 / 이동현 옮김
- 25 더블린 사람들 제임스 조이스 / 김병철 옮김
- ★ 26 여자의 일생 기 드 모파상 / 신인영 옮김
- 27 달과 6펜스 서머싯 몸 / 안흥규 옮김
- 28 지옥 앙리 바르뷔스 / 오현우 옮김
- ▲ 29 젊은 예술가의 초상 제임스 조이스 / 여석기 옮김
- ▲ 30 검은 고양이 애드거 앨런 포 / 김기철 옮김
- ★ 31 도련님 나쓰메 소세키 / 오유리 옮김
- 32 우리 시대의 아이 외된 폰 호르바트 / 조경수 옮김
- 33 잃어버린 지평선 제임스 힐턴 / 이경식 옮김

- 34 지상의 양식 앙드레 지드 / 김붕구 옮김
- 35 체호프 단편선 안톤 체호프 / 김학수 옮김
- 36 인간 실격 다자이 오사무 / 오유리 옮김
- 37 위기의 여자 시몬 드 보부아르 / 손장순 옮김
- ●▽ 38 댈러웨이 부인 버지니아 울프 / 나영균 옮김
- 39 인간 희극 윌리엄 사로얀 / 안정효 옮김
- 40 오 헨리 단편선 오 헨리 / 이성호 옮김
- ★ 41 말테의 수기 R. M. 릴케 / 박환덕 옮김
- 42 파비안 에리히 케스트너 / 전혜린 옮김
- ★▲▽ 43 햄릿 윌리엄 셰익스피어 / 여석기 옮김
- 44 바라바 페르 라게르크비스트 / 한영환 옮김
- 45 토니오 크뢰거 토마스 만 / 강두식 옮김
- 46 첫사랑 이반 투르게네프 / 김학수 옮김
- 47 제3의 사나이 그레이엄 그린 / 안흥규 옮김
- ★▲▽ 48 어둠의 심장 조지프 콘래드 / 이덕형 옮김
- 49 싯다르타 헤르만 헤세 / 차경아 옮김
- 50 모파상 단편선 기 드 모파상 / 김동현·김사행 옮김
- 51 찰스 램 수필선 찰스 램 / 김기철 옮김
- ★▲▽ 52 보바리 부인 귀스타브 플로베르 / 민희식 옮김
- 53 페터 카멘친트 헤르만 헤세 / 박종서 옮김
- ★ 54 몽테뉴 수상록 몽테뉴 / 손우성 옮김
- 55 알퐁스 도데 단편선 알퐁스 도데 / 김사행 옮김
- 56 베이컨 수필집 프랜시스 베이컨 / 김길중 옮김
- ★▲ 57 인형의 집 헨리크 입센 / 안동민 옮김
- ★ 58 소송 프란츠 카프카 / 김현성 옮김
- ★▲ 59 테스 토마스 하디 / 이종구 옮김
- ★▽ 60 리어왕 윌리엄 셰익스피어 / 이종구 옮김
- 61 라쇼몽 아쿠타가와 류노스케 / 김영식 옮김
- ▲▽ 62 프랑켄슈타인 메리 셸리 / 임종기 옮김
- ▲●▽ 63 등대로 버지니아 울프 / 이숙자 옮김
- 64 명상록 마르쿠스 아우렐리우스 / 이덕형 옮김
- 65 가든 파티 캐서린 맨스필드 / 이덕형 옮김
- 66 투명인간 H. G. 웰스 / 임종기 옮김
- 67 게르트루트 헤르만 헤세 / 송영택 옮김
- 68 피가로의 결혼 보마르셰 / 민희식 옮김

(뒷면 계속)

- ★ 69 팡세 블레즈 파스칼 / 하동훈 옮김
- 70 한국단편소설선 김동인 외 / 오양호 엮음
- 71 지킬 박사와 하이드 로버트 L. 스티븐슨 / 김세미 옮김
- ▲ 72 밤으로의 긴 여로 유진 오닐 / 박윤정 옮김
- ★▲▽ 73 허클베리 핀의 모험 마크 트웨인 / 이덕형 옮김
- 74 이선 프롬 이디스 워튼 / 손영미 옮김
- 75 크리스마스 캐럴 찰스 디킨스 / 김세미 옮김
- ★▲ 76 파우스트 요한 볼프강 폰 괴테 / 정경석 옮김
- ▲ 77 야성의 부름 잭 런던 / 임종기 옮김
- ★▲ 78 고도를 기다리며 사뮈엘 베케트 / 홍복유 옮김
- ★▲▽ 79 걸리버 여행기 조너선 스위프트 / 박용수 옮김
- 80 톰 소여의 모험 마크 트웨인 / 이덕형 옮김
- ★▲▽ 81 오만과 편견 제인 오스틴 / 박용수 옮김
- ★▽ 82 오셀로·템페스트 윌리엄 셰익스피어 / 오화섭 옮김
- ★ 83 맥베스 윌리엄 셰익스피어 / 이종구 옮김
- ▽ 84 순수의 시대 이디스 워튼 / 이미선 옮김
- ★ 85 차라투스트라는 이렇게 말했다 니체 / 황문수 옮김
- ★ 86 그리스 로마 신화 이디스 해밀턴 / 장왕록 옮김
- 87 모로 박사의 섬 H. G. 웰스 / 한동훈 옮김
- 88 유토피아 토머스 모어 / 김남우 옮김
- ★▲ 89 로빈슨 크루소 대니얼 디포 / 이덕형 옮김
- 90 자기만의 방 버지니아 울프 / 정윤조 옮김
- ▲ 91 월든 헨리 D. 소로 / 이덕형 옮김
- 92 나는 고양이로소이다 나쓰메 소세키 / 김영식 옮김
- ★ 93 폭풍의 언덕 에밀리 브론테 / 이덕형 옮김
- ★▲ 94 스완네 쪽으로 마르셀 프루스트 / 김인환 옮김
- ★ 95 이솝 우화 이솝 / 이덕형 옮김
- ★ 96 페스트 알베르 카뮈 / 이휘영 옮김
- ▲ 97 도리언 그레이의 초상 오스카 와일드 / 임종기 옮김
- 98 기러기 모리 오가이 / 김영식 옮김
- ★▲ 99 제인 에어 1 샬럿 브론테 / 이덕형 옮김
- ★▲ 100 제인 에어 2 샬럿 브론테 / 이덕형 옮김
- 101 방황 루쉰 / 정석원 옮김
- 102 타임머신 H. G. 웰스 / 임종기 옮김
- ● 103 보이지 않는 인간 1 랠프 엘리슨 / 송무 옮김
- ● 104 보이지 않는 인간 2 랠프 엘리슨 / 송무 옮김
- ▲ 105 훌륭한 군인 포드 매덕스 포드 / 손영미 옮김
- 106 수레바퀴 아래서 헤르만 헤세 / 송영택 옮김
- ▲ 107 죄와 벌 1 표도르 도스토옙스키 / 김학수 옮김
- ▲ 108 죄와 벌 2 표도르 도스토옙스키 / 김학수 옮김
- 109 밤의 노예 미셸 오스트 / 이재형 옮김
- 110 바다여 바다여 1 아이리스 머독 / 안정효 옮김
- 111 바다여 바다여 2 아이리스 머독 / 안정효 옮김
- 112 부활 1 레프 톨스토이 / 김학수 옮김
- 113 부활 2 레프 톨스토이 / 김학수 옮김
- ▲● 114 그들의 눈은 신을 보고 있었다 조라 닐 허스턴 / 이미선 옮김
- 115 약속 프리드리히 뒤렌마트 / 차경아 옮김
- 116 제니의 초상 로버트 네이선 / 이덕희 옮김
- 117 트로일러스와 크리세이드 제프리 초서 / 김영남 옮김
- 118 사람은 무엇으로 사는가 레프 톨스토이 / 이순영 옮김
- 119 전락 알베르 카뮈 / 이휘영 옮김
- 120 독일인의 사랑 막스 뮐러 / 차경아 옮김
- 121 릴케 단편선 R. M. 릴케 / 송영택 옮김
- 122 이반 일리치의 죽음 레프 톨스토이 / 이순영 옮김
- 123 판사와 형리 F. 뒤렌마트 / 차경아 옮김
- 124 보트 위의 세 남자 제롬 K. 제롬 / 김이선 옮김
- 125 자전거를 탄 세 남자 제롬 K. 제롬 / 김이선 옮김
- 126 사랑하는 하느님 이야기 R. M. 릴케 / 송영택 옮김
- 127 그리스인 조르바 니코스 카잔차키스 / 이재형 옮김
- 128 여자 없는 남자들 어니스트 헤밍웨이 / 이종인 옮김
- 129 사양 다자이 오사무 / 오유리 옮김
- 130 슌킨 이야기 다니자키 준이치로 / 김영식 옮김
- 131 실종자 프란츠 카프카 / 송경은 옮김
- 132 시지프 신화 알베르 카뮈 / 이가림 옮김
- 133 장미의 기적 장 주네 / 박형섭 옮김
- 134 진주 존 스타인벡 / 김승욱 옮김
- 135 황야의 이리 헤르만 헤세 / 장혜경 옮김
- 136 피난처 이디스 워튼 / 김욱동